IQ《アイキュー》探偵《たんてい》ムー

帰ってくる人形

作◎深沢《ふかざわ》美潮《みしお》　画◎山田《やまだ》J太《じぇいた》

ポプラ社

深沢美潮《ふかざわみしお》

武蔵野美術大学造形学科卒業。コピーライターを経て作家になる。主な著作は「フォーチュン・クエスト」シリーズ、「デュアン・サーク」シリーズ（共に電撃文庫）、「ポケットドラゴンの冒険」シリーズ（集英社みらい文庫）、『魔女っ子バレリーナ☆梨子』（角川つばさ文庫）、『女優のたまごは寝坊する。』（早川書房）など多数。なお、「フォーチュン・クエスト」シリーズ１～８は、ポプラポケット文庫でも発売中。ＳＦ作家クラブ会員。みずがめ座。好きな言葉は「今からでもおそくない！」。

山田《やまだ》Ｊ太《じぇいた》

１／26生まれのみずがめ座。Ｏ型。漫画家兼イラストレーター。猫と旅行と古いものと新しいものが好き。主な漫画作品は、「マジナ！」シリーズ（アスキー・メディアワークス）、「蒼界のイヴ」シリーズ、「王様ゲーム 起源」シリーズ（共に双葉社）、「UN-GO 敗戦探偵・結城新十郎」シリーズ（角川書店）、「異能メイズ」シリーズ（スクウェア・エニックス）など多数。

目次

★登場人物紹《しょう》介《かい》●●●

杉下元《すぎしたげん》

小学五年生。好奇心旺盛《こうきしんおうせい》で、推理小説《すいりしょうせつ》や冒険《ぼうけん》ものが大好きな少年。
父・英助《えいすけ》、母・春江《はるえ》、妹・亜紀《あき》（小学二年生）の四人《よにん》暮《ぐ》らし。

茜崎夢羽《あかねざきむう》

小学五年生。ある春の日に、元《げん》と瑠香《るか》のクラス五年一組に転校してきた美少女。
頭も良く常《つね》に冷静沈着《れいせいちんちゃく》。人付き合いはよくないほうで誤解《ごかい》を受けやすい。

ラムセス

夢羽《むう》といっしょに暮らすサーバル・キャット。
全長一メートル二十センチ。体重二十キロ。

峰岸《みねぎし》刑事《けいじ》

イケメンの刑事。背《せ》が高くて、茶髪《ちゃぱつ》。
夢羽《むう》たちの話を真剣《しんけん》に聞いてくれる。

小日向《こひなた》徹《とおる》

五年一組の担《たん》任《にん》。あだ名は「プー先生」。

江口《えぐち》瑠香《るか》

小学五年生。元《げん》とは保育《ほいく》園《えん》の頃《ころ》からの幼《おさな》なじみの少女。
すなおで正義感《せいぎかん》も強い。活発で人気もある。ひとりっ子。

河田《かわだ》一雄《かずお》、島田《しまだ》実《みのる》、山田《やまだ》一《はじめ》

五年一組の生徒。「バカ田《ダ》トリオ」と呼《よ》ばれている。

水原《みずはら》久美《くみ》、目黒《めぐろ》裕美《ひろみ》、高橋《たかはし》冴子《さえこ》、栗林《くりばやし》素子《もとこ》 五年一組の生徒。

★銀杏《いちょう》が丘《おか》市《し》MAP
農業高校
自動車工場
舞橋
鯛橋
久美の家
営プール
市営図書館
咲間川
第二小
第二中
喫茶ナイヤガラ
警察署
国道
カムパネルラ商会

島田の
五部林公園
愛子が淵
和野戸神社
瑠香の家
夢羽の家
元の家
第一中
第一小
エリーゼ女子大
寿万寺
N
ギンギン商店街
スーパー
薬局
銀

5年《ねん》1組《くみ》座席表《ざせきひょう》

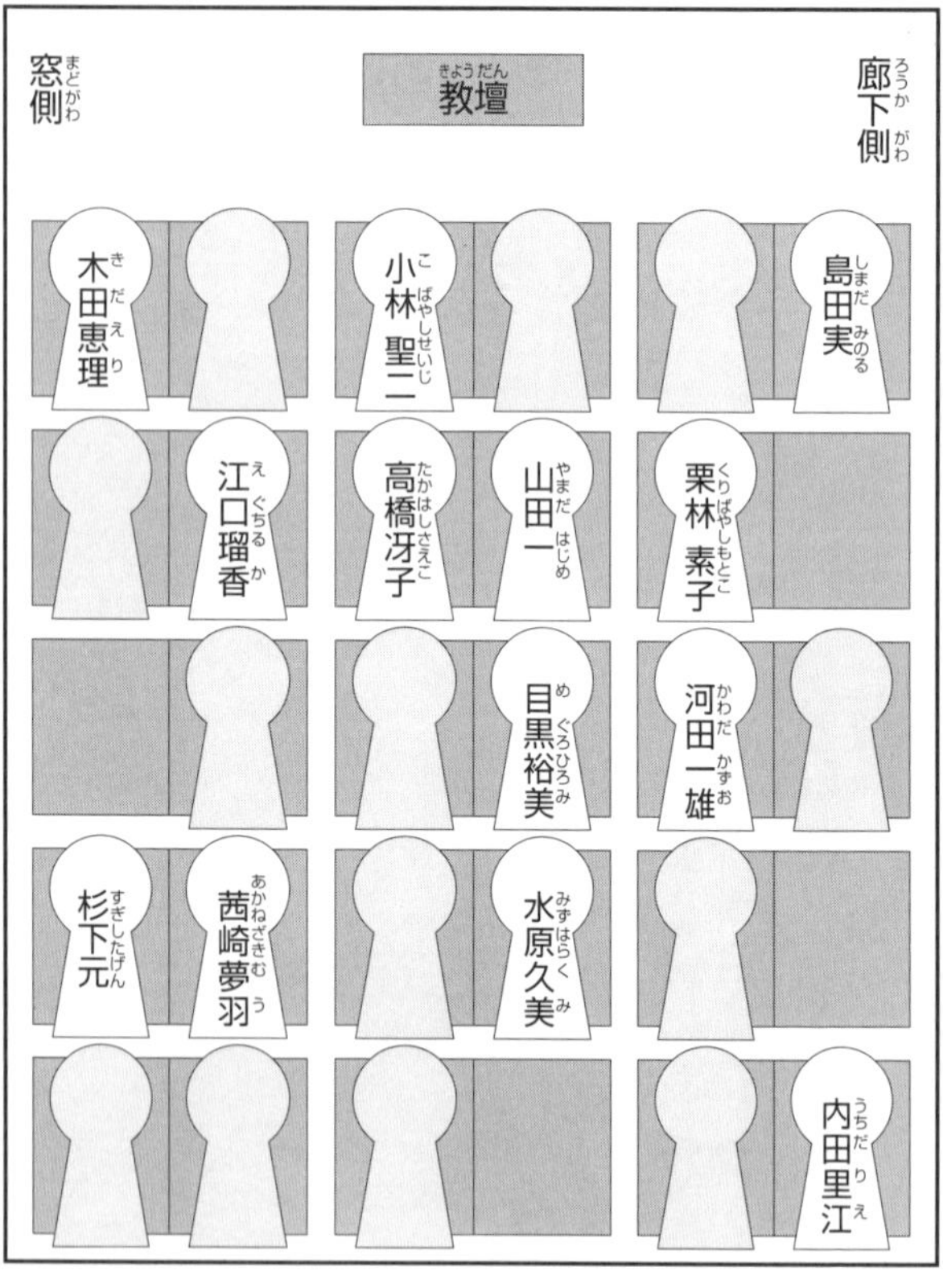

帰ってくる人形

1

鼻をつままれてもわからない。

そんな言葉があるんだそうだ。

それほど暗いっていう意味らしいが、鼻つままれれば誰《だれ》だってわかるだろ？　と、元《げん》は思う。

しかーし。

たしかに暗いところというのは、ただ暗いってだけではない何かがありそうな気がする。

見えないってだけで、人はそこに何かがあるような気分になったりするのだ……。

それに、いったんそんな気分になったりすると、どうしてもそこに何かがあると思い始めてしまって。

こうなるともうだめだ。

最初は、さっき使ったバスタオルが廊下《ろうか》の先に落ちてるんだろうなと思っていたのが、いや、もしかしたら……そのバスタオルの下に何かがいて。

自分が通るのを待ちかまえてるんじゃないか。

通りかかったら、バッと正体を見せて躍《おど》りかかって、びっくりさせようなんて思ってるんじゃないか。

……とか、そんなことを。

じゃあ、そのバスタオルの下に潜《ひそ》んでるのは、いったいどういうのだ？

なんて想像し始めると、さらにまずい。

クマのぬいぐるみだとか、そういうかわいいもののはずもなくって。

きっと白い顔で口が耳くらいまで裂《さ》けた怖《こわ》いオバケなんだぞとか。前に、テレビでやってた「本当にあったこわーい話」に出てきた青い顔のお坊《ぼう》さんの幽霊《ゆうれい》だぞとか。牙《きば》だらけの人面犬じゃないかとか。

なんて。

考え始めると、怖さはエスカレートしていくばかり。

それに、ちゃんと確《たし》かめておかないと眠《ねむ》るに眠れない。

また、そういう時に限《かぎ》って、オシッコが近くなって困《こま》るんだ。


昨晩《さくばん》、元《げん》がなぜそんなことをベッドのなかでウダウダ思ったりしたかというと、寝《ね》る間際《まぎわ》、歯磨《はみが》きをしながら見てはいけないものを見てしまったからだ。

それは……真っ暗な廊下《ろうか》の隅《すみ》っこからこっちに向かって歩いてくる小さな人形の幽霊《ゆうれい》。

かわいらしい顔をしていて、きれいなドレスを着た古い人形。

それが、カタカタッと首を動かしながら歩いてくる。そして、いきなり画面が真《ま》っ赤《か》になり、その小さな口がいきなりガバッと開《ひら》いて……と。そういうCM《シーエム》を見てしまったのだ!!

人一倍怖《こわ》がりの元《げん》は、その手のテレビや映画《えいが》はできるだけ見ないようにしている。

でも、CMだけはダメだ。避《さ》けようがない。

あっと気づいた時にはもう見てしまった後なんだから。

新しい映画のCMだと思うけど、あんなの、絶対《ぜったい》に反則《はんそく》だと思う。

さてさて。銀杏《いちょう》が丘第一《おかだいいち》小学校、五年一組。

元《げん》たちのクラスは今日《きょう》も大騒《おおさわ》ぎ。

といったって、何か特別なことがあるわけでもなく、ただ二時間目と三時間目の間にある二十分休みだってだけ。

クラスの半分は校庭に出て、一輪車の練習をしたり、縄跳《なわと》びをやったり、鉄棒《てつぼう》の練習をしたり。

残る半分は廊下《ろうか》を走り回ったり、プロレスのまねごとをしたり、または教室で思い思いに過《す》ごしていた。

ただ集まって噂話《うわさばなし》をしているグループ、クラスで飼《か》っているハムスターがせっかく熟《じゅく》睡《すい》しているというのに、突《つ》っついて起こしている生徒、サイコロのマークがついた鉛筆《えんぴつ》を転がして何やら真剣《しんけん》にギャンブルのまねごとをしているグループ……。

元《げん》は男子たちとサイコロ転がしに熱中していた。

賭《か》けているのは、給食のデザート。特に今日は好物のプリンが出るとあって、みんな額《ひたい》をくっつけあって真剣《しんけん》そのものだ。

瑠香《るか》たち、女子から「くっだんない！」「子供《こども》っぽーい」という目で見られていても、なんのそのである。

それに、「くっだんない」などと言いながらも、勝敗の行方《ゆくえ》をけっこう楽しんで見てたりするのだ。

「ばっかね。もっと気合い入れて転がしなさいよね！」

元《げん》がポロッと落とすようにして転がして、負けてしまったのを見て、瑠香《るか》が大声で言った。

「うっせぇなあ！」

口をとがらせ、文句《もんく》を言いかけた時だ。

「ねぇねぇ、瑠香《るか》ちゃん！」

目黒裕美《めぐろひろみ》という女子が雑誌《ざっし》を持ってやってきた。

「ん、なーに？」

瑠香《るか》が振《ふ》り向《む》くと、裕美《ひろみ》は雑誌を開いて見せて言ったのである。

「あのさー、この暗号なんだけど……」

2

暗号と聞いて、みんなの耳がぴくっとなった。

もちろん、元《げん》は特に。

最近は、夢羽《むう》のおかげで、その手の推理《すいり》とか暗号解読《かいどく》なんてのが、ぐーんと身近になっているもんだからなおさらだ。

「なんだ、なんだ？　どうしたんだあ⁉」

「オレたちに見せてみろ。そんなものすぐ解《と》いてやるぜ」

「ほら、早く貸《か》せよ‼」

廊下《ろうか》でプロレスごっこをしていたバカ田トリオこと、河田《かわだ》一雄《かずお》、山田《やまだ》一《はじめ》、島田《しまだ》実《みのる》の三人が首を突《つ》っこんできた。

しかし、裕美《ひろみ》はまったく相手にもせず、

「懸賞《けんしょう》のなんだけどさ。どうしても解《と》けなくって。なんかイライラしちゃって」

と、瑠香《るか》に言った。

でも、「どれどれ……?」と、勢《いきお》いこんで見始めた彼女《かのじょ》に裕美《ひろみ》は首を振《ふ》った。

「違《ちが》うの。瑠香《るか》ちゃんじゃなくて、そっちの……」

彼女がくっとあごを向けたのは、元《げん》の隣《となり》の席で、眠《ねむ》そうな目でボーッと校庭のほうを見ていた夢羽《むう》だった。

相変わらずのぼさぼさ頭。

暑くなってからは、何語かわからない文字や図形が書かれた白いT《ティー》シャツをよく着ている。その日もそうで。下は迷彩柄《めいさいがら》のだぼっとした七分のパンツ。裾《すそ》がゴムで縛《しば》れるやつだが、夢羽《むう》はそのままダランとはいていた。

それにひきかえ、こっちも相変わらず。クルリンとカールした髪《かみ》を高い位置でふたつ結びにした瑠香《るか》。白い襟《えり》の黒いシャツとおそろいのミニスカート。蛍光色《けいこうしょく》とラインストーンで大きなイチゴの絵柄《えがら》。膝上《ひざうえ》までのハイソックスもおそろいというこりようだ。

その瑠香《るか》に裕美《ひろみ》が言った。

「茜崎《あかねざき》さんなら、これ、すぐ解《と》けるんじゃないかな？　と思ったんだよね」

自分に頼《たの》んだんじゃないのかと、少しムッとした顔の瑠香《るか》。

だったら、自分で言えばいいじゃんと言いかけたが、きっと夢羽《むう》には話しかけづらいんだろうなと理解《りかい》した。

なので、すぐににっこりして言った。

「いいよ。わたしが頼んであげる！」

裕美《ひろみ》は、うれしそうに目を輝《かがや》かせた。

瑠香《るか》は、まるで人気タレントについているマネージャーのように、夢羽《むう》に呼《よ》びかけた。

「ねぇねぇ、夢羽《むう》。裕美《ひろみ》ちゃんがあなたに解いてほしい暗号があるんだって」

クラスのなかで、夢羽《むう》のことを呼《よ》び捨《す》てにできるのは瑠香《るか》だけだ。

元《げん》や一部の男子《だんし》は「茜崎《あかねざき》」と名字を呼び捨てだが、他の生徒たちは未《いま》だに「茜崎《あかねざき》さん」と呼んでいる。特にあだ名も付かない。なんとなくけむたいというか、正直よくわからない存在《そんざい》のままなのだ。

一方、瑠香《るか》は例の謎《なぞ》の道路標識《ひょうしき》の一件《いっけん》以来、すっかり仲良くなって（……いると思っているのは瑠香《るか》だけかもしれないが）、とりあえずクラス内で自由に話しかけられる数少ないうちのひとりになっていた。

最初のうちはあれだけ夢羽《むう》のことを嫌《きら》っていたというのに、そんなこと、今はすっかり忘《わす》れたっていう顔である。ま、女子のなかには未《いま》だにおもしろくなく思っているのがいるのも事実なのだが。


瑠香《るか》が大きな声でもう一度呼《よ》んだが、夢羽《むう》は校庭をぼんやり見ているままで返事すらしない。

「ねぇ、夢羽《むう》ってばあ！」

さらに大きな声で瑠香《るか》が呼ぶと、ようやくふーっと声のほうを向いた。

そして、たった今、ネバーランドからもどってきたウェンディーのように首を傾《かし》げた。

と、思ったのは、彼女《かのじょ》の隣《となり》に座《すわ》っていた元《げん》だけだが。

実際《じっさい》、夢《ゆめ》から覚めた美《び》少女《しょうじょ》というのは、それだけで見ている者を幸せにする。

「ちょっと、元《げん》くん。ジャマなの、ジャマ！」

グイッと肩《かた》を押《お》され、元《げん》は椅子《いす》から落っこちそうになった。

そんなことはおかまいなし。瑠香《るか》は夢羽《むう》の机《つくえ》に、裕美《ひろみ》が持ってきた雑誌《ざっし》の問題のページを広げたのである。

3

これが、その暗号だ（次のページを見てね）。

みんな額《ひたい》をくっつけてのぞきこんだ。

「これが……？」

元《げん》が聞くと、裕美《ひろみ》がうなずいた。

「これが謎《なぞ》の言葉で、これを見て、ノンちゃんはショックで倒《たお》れることになるんだよね。でも、なぜなのか？　というのが問題」

どうやら、これはこういう暗号やなぞなぞの懸賞《けんしょう》問題がついた連載《れんさい》小説らしい。

ノンちゃん
ロンドンには
いついくの？
ノンちゃん
ニューヨークにもいく
んでしょう？
ギリシャもき
ょうからいくって
うらやましいな。

「じゃあ、最初から小説読んでみないとわからないんじゃない？」

「そうだよ。このノンちゃんって、どんな子？　女の子だよね？」

「どういう筋書《すじが》き？」

「わかった！　この前のページにある世界地図が暗号を解《と》く鍵《かぎ》なんじゃない？」

みんな口々に思いついたことを言った。

「わかった。ニューヨークってのは『入浴』ってことだぜ！」

と、わけのわからないことを言っているのは、もちろんバカ田トリオの誰《だれ》かだ。

しかし、裕美《ひろみ》は首を振《ふ》った。

「わたしもいろいろ考えてみたんだけど、

なんかピンと来ないんだよね、どれも」

「じゃ、この絵じゃないかな」

元《げん》が言うと、それまで黙《だま》っていた夢羽《むう》が、

「呪《のろ》いの人形……」

と、ポツンとつぶやいた。

集まっていた生徒全員、びっくりしたのなんのって。

何をいったい言い出したのかと、ポカンとしてみんなが夢羽《むう》を見ていると、彼女《かのじょ》は細い指で暗号の文字をたどっていった。

「先頭の文字だけを続けて読めばいい」

たしかに。

元《げん》も瑠香《るか》も裕美《ひろみ》も……他のみんなも、「ノ…ロい……ノ…ニん…ギょう」と、指でたどりながら読んだ。

「ほ、ほんとだぁ!!!」

裕美《ひろみ》は大喜び。

「なぁあんだぁ……！」

瑠香《るか》をはじめ、他のみんなはがっかり。

気が抜《ぬ》けて、ろこつにため息をついている生徒もいる。

まぁ、暗号や手品なんていうのはみんなそんなもんだ。種がわかってしまえば、がっかりするほど単純《たんじゅん》でつまらないもの。

それでも、そこに目をつけることができるか？　っていうと、なかなかむずかしくて。

そこがすごいんだよなぁ。

元《げん》は、毎度ながら感心して夢羽《むう》を見つめていた。

そんなみんなのようすを思《おも》い詰《つ》めたような顔で、両手をぎゅっと握《にぎ》りしめて見ていた女子がいた。

茶色っぽいウェーブのかかった髪《かみ》を耳の下あたりでふんわりとゆらしている。顔も白くて、薄《うす》いソバカスが小さな鼻の上に点々と浮《う》かんでいる。目も小さく背《せ》も小さく……全体的に、チマッとした感じ。

水原久美《みずはらくみ》……。夢羽《むう》が転校してきた日、クラスメイトの高橋冴子《たかはしさえこ》が描《か》いた絵を「歯を磨《みが》こう」というポスターの下に隠《かく》した子だった。

この暗号解読《かいどく》を夢羽《むう》が楽々やってみせた時、誰《だれ》も久美《くみ》がそんな表情《ひょうじょう》でいたなんてことには気づかなかったのだが、その日の放課後。瑠香《るか》がランドセルに教科書などを入れ、さて帰ろうとした時だ。

久美《くみ》が、さっきと同じ……いや、もっと思《おも》い詰《つ》めた顔でやってきた。

「あ……あの、瑠香《るか》ちゃん。ちょ、ちょっといい？」

そのようすを元《げん》も見ていて、「ん？」と思った。
彼女《かのじょ》、前に瑠香《るか》のことが少し怖《こわ》いとか言ってなかったっけ？
でも、瑠香《るか》はそんなこと、すっかり忘《わす》れていて、大きな目をさらに大きくして、首を傾《かし》げてみせた。
「いいよ。どしたの？　何か相談？

まかせてよ！　できることならするし」

ドンと胸《むね》を叩《たた》いてみせたのだが、久美《くみ》は首を横に振《ふ》った。

「違《ちが》うの。瑠香《るか》ちゃんに……じゃなくて、茜崎《あかねざき》さんに……なの。でも、頼《たの》みづらくって……。瑠香《るか》ちゃんなら親しそうだし。お願いできるかなぁ？」

瑠香《るか》は、目をまん丸にして思いっきり言った。

「まったぁあぁ――!?」

4

「というわけでさ。相談に乗ってあげてくんない？　夢羽《むう》」

結局は面倒見《めんどうみ》のいい瑠香《るか》のこと。

例のごとく、タレントのマネージャーのような顔で間に立って、夢羽《むう》に久美《くみ》を引き合わせた。

引き合わせた……といっても、毎日顔を合わせているクラスメイト同士なのだが。

「……で、どうしたの？」

瑠香《るか》にうながされ、久美《くみ》はうなずいた。

夢羽《むう》の隣《となり》にいた元《げん》も、なんとなく気になってそのまま隣で聞いていた。

「うちね、五歳《ごさい》の妹がいるんだけど。最近、元気なくって……幼稚園《ようちえん》にも行けなくなっちゃったのね」

「なんか病気？」

夢羽《むう》の代わりに瑠香《るか》が聞く。

久美《くみ》は首を横に振《ふ》った。

「ううん、病院にも行ったけど、なんでもないって。新しいママともすっごくうまくいってて、みんなで今度はピクニックに行こうねなんて話してたのに」

「そっか……」

そういえば、久美《くみ》の家は何年か前に新しいママになったらしい。

元《げん》は思い出した。

でも、参観日とかに来る……その実香《みか》という名前のママは若々《わかわか》しくて優《やさ》しそうで、久《く》美《み》ともいい感じだった。

新しいママってのもまんざら悪いもんじゃないなと、自分ちの母親を見て思ったもんだ。もちろん、口に出してそんなこと言おうもんなら、百メートル先までぶっとばされるか、とっとと追い出されるか、どっちか確定《かくてい》なんだけど。

「つまり、そういう問題じゃないってことね？」

瑠香《るか》がズバッと聞く。

久美《くみ》は大きくうなずいた。

「うん、そう。そうじゃないの……原因《げんいん》はわかってるんだ」

「なんなの？」

直接《ちょくせつ》の聞き役は瑠香《るか》だが、元《げん》も身を乗り出した。夢羽《むう》は相変わらずのポーカーフェイスだったが、ちゃんと聞いているようす。

久美《くみ》はため息をひとつついて、みんなの顔を見回した。

そして、声をひそめ、ポツンと言った。

「人形がね……帰ってくるの」

　これには、元《げん》もぞぞぞぞぞ……と、背筋《せすじ》を大きなムカデが一匹《いっぴき》這《は》い登《のぼ》っていったくらいにゾワゾワした。

「や、やめてくれよおぉ。昨日《きのう》だよ、人形の出てくる怖《こわ》い映画《えいが》のCM《シーエム》見たの。それに、さっきの暗号の答えも『呪《のろ》いの人形《にんぎょう》』だろ？　冗談《じょうだん》だとしてもやりすぎだよ」

　思わずそう言ってしまった。

　久美《くみ》は口をとがらせて言った。

「やりすぎって……、わたしはウソなんか言ってないもん。本当の話なんだもん。怖い映画のCMっていったい何の話？」

　いつもはおとなしくって、女子に言い返すことなんて絶対《ぜったい》できない感じの久美《くみ》なのに、元《げん》にはこの調子だ。

「『悪魔《あくま》のドールハウス』……」

　突然《とつぜん》、夢羽《むう》がつぶやいたので、みんな椅子《いす》から落っこちるほど驚《おどろ》いた。

「昨日《きのう》のCM《シーエム》の題名だ」

こともなげに夢羽《むう》が言う。

元《げん》もようやく彼女《かのじょ》が言いたかったことがわかった。

「そ、そうだそうだ。たしかそういう題名だった！」

本当は題名までは見てなくて、パチっとスイッチを切ってしまったのだが。

「いいよ、ほら、本題にもどそうよ。ごめんね、久美《くみ》ちゃん」

あきらかに馬鹿《ばか》にした言い方で元《げん》をにらんだ後に、大人《おとな》っぽく瑠香《るか》が久美《くみ》に言った。

ムッとしたけれど、たしかに今は久美《くみ》の話を聞くほうが優先《ゆうせん》だ。

みんなが静かに彼女の話を聞こうと黙《だま》る。すると、久美《くみ》はあきらかに何かに怯《おび》えたような顔で話を再開《さいかい》した。

5

それは、ちょうど二週間ほど前のこと。

久美《くみ》の妹、笑美《えみ》がとても大切にしていた人形。名前はエリカちゃんというそうだ。寝《ね》ているのを起こすと、「こんにちは」とか「ママー！」とかおしゃべりする人形なのだが、もうとっくの昔にしゃべらなくなってしまった。

その上、手足ももげそうで……、顔の半分はカビがついて緑色の点々が広がっている。さすがに、もう捨《す》てたほうがいいだろうということになって、笑美《えみ》も納得《なっとく》した。

さっそく新しい人形ももらって、ルンルンだったという。

しかし、ある朝。

捨てたはずの人形が、寝ている笑美《えみ》の枕元《まくらもと》にもどってきていたんだそうだ。

人形は紙袋《かみぶくろ》に入れられ、マンションのベランダのゴミ置き場にあった。

笑美《えみ》がやっぱり捨てるのがいやになってもどしたんだろうと、両親は話していたが、笑美《えみ》は違《ちが》うと言う。

「本当に、捨てるのがいやならいいのよ」

と、実香《みか》が言っても、笑美《えみ》はいらないと言ってきかない。

そこで、今度はもっとちゃんと包んで、マンションの下にあるゴミ置き場に持っていった。

「……なのに、もしかして。またもどってきちゃったりして」

瑠香《るか》が聞くと、久美《くみ》は泣き出しそうな顔で、こっくりうなずいた。

元《げん》の背筋《せすじ》を、またまたムカデが今度は二匹《にひき》に増《ふ》え、競争しながら登っていった。

「やだぁ――!!」

一呼吸《ひとこきゅう》置いてから、瑠香《るか》は大げさに悲鳴をあげた。

その声に、久美《くみ》はびっくりしたのか、みるみる目が真《ま》っ赤《か》になる。

「こら、んな大声出すと、びっくりするだろ?」

元《げん》が注意すると、瑠香《るか》はペロッと舌《した》を出してみせた。

「だってー、すっごく怖《こわ》くなっちゃったんだもん!!」

それは、自分もそうだけど。

でも、夢羽《むう》は何かを考えこんでいるようすだった。

「……で? 今はその人形どうしてるんだ?」

元《げん》が聞くと、久美《くみ》は涙《なみだ》をぬぐい、一所懸命《いっしょけんめい》話を続けた。

「ママ、すっごく気味悪がって、早く処分《しょぶん》しちゃおうってことになって。パパが会社に行く時、途中《とちゅう》のコンビニの前にあるゴミ箱とか駅のゴミ箱に捨《す》てようかって話になったの」

「うんうん……」

「でも……！」

と、そこで久美《くみ》が口ごもってしまった。

だから、元《げん》と瑠香《るか》は同時に叫《さけ》んだ。

「……でも!?　でも、どうした??」

「……でも!?　でも、どうしたの!?」

久美《くみ》は、また「うっ」と引いていたが、ふたりの形相がすさまじかったからか、大きく深呼吸《しんこきゅう》した後で言った。

「人形がね……『ママー』って言ったの」

もうだめだ。

瑠香《るか》も元《げん》も「わ――」と叫《さけ》びながら教室の隅まで走って逃《に》げた。

そのようすを不思議そうに見ていた夢羽《むう》。

初めて久美《くみ》に尋《たず》ねた。

「でも、その人形って、とっくの昔にしゃべらなくなってたって言ってただろ？」

久美《くみ》は、初めて夢羽《むう》から話しかけられたもんだから、すごく緊張《きんちょう》した顔で答えた。

「そ、そう。そうなの。だから、もう……パパもママも真《ま》っ青《さお》で。やっぱりゴミ箱になんて捨《す》てるとバチが当たりそうだからって、近所のお寺に行って、ちゃんと供養《くよう》してもらうことにしたんだよね」

するど、教室の隅に走って逃げたふたりがもどってきた。

「お寺……!?」

「どこの??」

「うん、寿万寺《じゅまんじ》よ」

「ああ、あそこか」

ふたりはすぐ古ぼけたお寺のことを思い出した。

エリーゼ女子大のすぐ近くにある角っこ。裏《うら》に墓地《ぼち》があったっけ。

周りには大きな木が生えていて、昼でも薄暗《うすぐら》く、夏でもうすら寒い雰囲気《ふんいき》の……寿万寺《じゅまんじ》というおめでたそうな名前からは想像《そうぞう》がつかないほど陰気《いんき》な寺だ。

「……で??」

思わず声が低くなる。

久美《くみ》も泣きそうになりながら言った。

「パパたちだけで行ったから、くわしくはわからないけど……。でも、ちゃんと供養《くよう》はしてもらえたって」

「そうなんだ……だったら、問題はないんじゃないの？　一応《いちおう》……」

と、瑠香《るか》。

元《げん》は首を振《ふ》った。

「問題あるから、今、こうして相談してるんだろ」

「そっか！」

瑠香《るか》はペロッと舌《した》を出す。

「それ以来、妹の具合が良くないってこと……？」

と、彼女《かのじょ》が聞くと、久美《くみ》は、ついに涙《なみだ》をボロボロ落とし泣き始めてしまった。

そっか、そうだった。

たしか最初、そう言ってたっけ。

その後の内容《ないよう》があまりに怖《こわ》かったので、すっかりそのことを忘《わす》れてしまっていたのだ。

「とにかく一度、夢羽《むう》にようすを見に来てもらえないかってことなんだよね？　久美《くみ》ちゃん」

すると、久美《くみ》はウンウンと何度もうなずいた。

「夢羽《むう》、どうかな？」

瑠香《るか》が聞く。

久美《くみ》も、祈《いの》るような、何かにすがるような目で夢羽《むう》を見つめている。

夢羽《むう》はというと、いつものポーカーフェイスのまま。

「おい、茜崎《あかねざき》！」

ツンと、元《げん》が肘《ひじ》で夢羽《むう》の腕《うで》を突《つ》っつくと、少し驚《おどろ》いた目で元《げん》や瑠香《るか》たちを見た。

そして、あっけなく言ったのだ。

「あ、ああ……いいよ。いつにする？」

6

久美《くみ》の家は、銀杏《いちょう》が丘銀座《おかぎんざ》商店街……通称《つうしょう》「ギンギン商店街」の近くにある公営《こうえい》プール脇《わき》にあった。学区としては、たぶん違《ちが》うのだろう。

ずいぶん遠いんだなと元《げん》たちが思ったのを察したのだろう。

新しいママになった時、引《ひ》っ越《こ》しもしたんだと久美《くみ》が言った。

いろいろ家庭の事情《じじょう》ってやつがあるんだろうなと、元《げん》たちは了解《りょうかい》し、それ以上は何も言わなかった。

マンション自体はよくあるタイプで、白っぽいタイルの壁《かべ》で五階建てだった。

ちなみに、四人とも一度家に帰って、ランドセルを置いてから校門前に集合したのだ。

どうせなら早いほうがいいだろうってことで。

さすがに今日《きょう》は瑠香《るか》も着替《きか》えないで、そのまま飛び出してきたらしい。

マンションの脇《わき》にある駐輪場《ちゆうりんじよう》に自転車を停《と》め、玄関《げんかん》へと回る。

久美《くみ》がオートロックのボタンを押《お》すと、しばらくして、

「あ、久美《くみ》ちゃん!?　おかえりなさーい！」

と、明るい女の人の声がした。

ガラスのドアがスーッと自動で開く。

瑠香《るか》、元《げん》、夢羽《むう》の三人は、久美《くみ》についていった。

彼女《かのじよ》の家は305号室。

入り口にはドライフラワーで作ったブーケが飾《かざ》ってあったり、色とりどりの小花をつけた鉢植《はちう》えが置かれていた。

玄関のなかも、きれいな花束やかわいいお人形がいっぱい飾ってあった。

「わぁ、すごい。きれいにしてるんだねー！」

瑠香《るか》が感心すると、久美《くみ》は少し恥《は》ずかしそうに微笑《ほほえ》んだ。

「全部ママの手作りなんだ」

「へぇー！」

夢羽《むう》も元《げん》もキョロキョロしている。

居間《いま》に通されると、ジュースとお菓子《かし》が出てきた。

久美《くみ》から事情《じじょう》は聞いていたんだろう。実香《みか》は笑美《えみ》を連れてきた。

ちっちゃな丸い目にちっちゃな鼻、ふわふわっとした髪《かみ》……。おかしいくらい久美《くみ》にそっくりで、まるでミニチュアのよう。

その目で見上げ、頰《ほお》は不満そうにふくらんで。実香《みか》の後ろにモジモジと半分隠《かく》れている。

どう説明しようかと久美《くみ》が困《こま》っていると、瑠香《るか》が説明役を買って出た。

「初めまして。わたし、久美《くみ》ちゃんの友達《ともだち》の江口瑠香《えぐちるか》って言います！　彼《かれ》は杉下元《すぎしたげん》くん。ま、この人はどうでもいいんですけど……」

親指を立て、クイッと元《げん》のほうを指して言う。

た、たしかに、ただくっついてきただけだけど……その言い方はないんじゃないのか？

元《げん》が口をとがらせているのに、まったく構《かま》わず瑠香《るか》は続けた。

「で、こっちが転校生の茜崎夢羽《あかねざきむう》さん。今まで数々の難事件《なんじけん》を解決《かいけつ》しているスーパー少女なんです!!　今回の問題も絶対《ぜったい》彼女《かのじょ》だったら即解決《そくかいけつ》、間違《まち》いなし。ド――ンと安心しちゃってください！」

ったく。調子《ちょうし》がいいよなぁ。

よくまぁ、こうベラベラとしゃべることができる。

そこにいた久美《くみ》も、母親の実香《みか》も笑美《えみ》

も目をまん丸にしていた。

夢羽《むう》は、半目にして小さくため息をついている。

「ところで、笑美《えみ》ちゃんの具合はどうなんですか？」

瑠香《るか》が聞くと、実香《みか》は顔色を曇《くも》らせた。笑美《えみ》はますます機嫌《きげん》が悪そうに座《すわ》りこんでしまった。

「病院《びょういん》で診《み》ていただいてるんだけど、どこも悪いところはないって。たしかに昼間はわりと元気なんだけど。でも、なぜか夜になると微熱《びねつ》が出るし、咳《せき》も出て、寝苦《ねぐる》しそうで。そんなこと考えるなんておかしいと思うけど、やっぱりお人形を捨《す》てようなんてしたからかもしれないって……パパも言うのよね」

その話を聞きながら、夢羽《むう》は笑美《えみ》の表情《ひょうじょう》を心配そうに見ていた。

前に、小さな子には優《やさ》しく話しかけたりしてたこともあったたし、夢羽《むう》って意外と小さい子が好きなのかも……と、元《げん》はちらっと思った。

どうしたものかと瑠香《るか》が口を開きかけた時、夢羽《むう》が立ち上がった。

「じゃ、お寺のほうに見に行ってみます。そのエリカちゃんを……。それから、少しわたしにも考えがあるので、また後日来ます。じゃあね、笑美《えみ》ちゃん」

呼《よ》びかけられた笑美《えみ》はビクッと肩《かた》をすくめて、実香《みか》の腕《うで》にぎゅっとしがみついた。

夢羽《むう》はというと、すでにスタスタと玄関《げんかん》のほうに歩いていってしまった。

「あ、ちょ、ちょっと待ってよ！」

「す、すみません……じゃあ」

瑠香《るか》も元《げん》もあわててその後を追いかける。

「あんなふうに彼女《かのじょ》が言ってるんだし、絶対解決《ぜったいかいけつ》してくれるよ」

心配そうに玄関《げんかん》まで見送りにきた久美《くみ》に、元《げん》は振《ふ》り返《かえ》って言った。

久美《くみ》も、半分ほっとしたような半分不安そうな顔でこっくりうなずいたのだった。

7

夢羽《むう》たちは、その足で……問題の人形を見に、寿万寺《じゅまんじ》へと自転車を走らせた。

青々と茂《しげ》る銀杏《いちょう》が風にゆれて、カサカサと涼《すず》しそうな音をたてている。

……とはいえ、暑いことは暑い。

夢羽《むう》は、例のスペシャルバインダーでマップを確認《かくにん》すると、まさに風のような速さで一番に到着《とうちゃく》し、その辺に自転車を立てかけた。

元《げん》も瑠香《るか》も額《ひたい》に汗《あせ》を浮《う》き上《あ》がらせ、ふうふう言いながら自転車に乗り、その辺に停めてから、寺の門へと走った。

小さな寺の周りには樹齢《じゅれい》ン百年というような大木がニョキニョキと気味悪く立っていて、こんな夏の暑いさなかだというのに、ひんやりと薄暗《うすぐら》い。

ミンミンミンミンうるさいセミの声以外、何の音もしない。

砂利《じゃり》を踏《ふ》みながら元《げん》が一番後ろを歩いていると、ふいに背後《はいご》から声をかけられた。

「何かご用ですか？」

とにかくそれまで何の気配もしなかったもんだから、驚《おどろ》いたのなんの。

「ひぇえあぁ!!」

世にも情《なさ》けない悲鳴に、セミがピタッと鳴くのをやめる。

「おや、驚かせてしまったようですねぇ」

おそるおそる振《ふ》り返《かえ》ると、そこには、青くて細長い顔のお坊《ぼう》さんが立っていて、元《げん》はふうっと気を失いそうになってしまった。

そう。

まるで、あのテレビで見た「本当にあったこわーい話」のお坊さんの顔そのものだったからだ。そのお坊さんが黒くて透《す》けた僧衣《そうい》を着て立っている。

もちろん、なんとか踏《ふ》ん張《ば》って耐《た》えたが。実をいうと、足は少しだけ震《ふる》えていた。

その元《げん》の後ろに夢羽《むう》が立った。そして、

「水原《みずはら》さんというお宅《たく》の人形を、つい先日供養《くよう》したと聞いたのですが……?」

と、まったく物怖《ものお》じもせず、スッとお坊さんの目を見つめ、大人《おとな》びた口調で聞いた。

これには、お坊さんも少なからず驚《おどろ》いたようだ。

しかし、すぐに大《おお》きくうなずいた。

「はいはい。あのお人形ですね? ちゃんとご供養し、大切に保管《ほかん》しておりますよ」

「そ、それ……何か変わったことないですか?」

元《げん》が思い切って聞くと、お坊さんはふーっとまた不気味な顔で元《げん》を見下ろした。

「変わったこととは……!?」

「ひ、ひぃ……っ、い、いや、そのぉ……髪《かみ》の毛が伸《の》びるとか、口が突然《とつぜん》ガバーッと開くとか……」

しどろもどろで聞くと、お坊《ぼう》さんは甲高《かんだか》い声で笑い出した。

「ほぉーっほっほっほ。そんなことがあるわけがないでしょう？　変わりなく安置されておりますよ。ところで、あなた方は？　水原《みずはら》さんのおうちの方ですか？」

「いえ、違《ちが》います。水原久美《みずはらくみ》ちゃん……水原《みずはら》さんちの子供《こども》の友達《ともだち》です」

元《げん》の背中《せなか》を思い切り叩《たた》き、瑠香《るか》が前に出た。

「いってぇ！」

元《げん》は顔をしかめたが、人形に変わりがないことを知ってホッとした。

瑠香《るか》はその後、なぜここに来たのかをかいつまんで説明し、夢羽《むう》が「一度見せてほしい」と言うと、お坊さんは快《こころよ》く承知《しょうち》し、本堂のほうへと案内してくれた。

お線香《せんこう》の匂《にお》いがプ――ンと鼻につく薄暗《うすぐら》い本堂。その畳の上で三人、居心地《いごこち》が悪そうに座《すわ》って待っていると、ようやくさっきのお坊さんが小さな箱を持って現《あらわ》れた。そして、

「これですよ」

と、箱をうやうやしく床《ゆか》に置き、フタを取ってみせた。

ゴクッと元《げん》が喉《のど》を鳴らした。

なかには、たしかに……お世辞にもかわいいとは思えない古ぼけた人形が横になっていた。

髪《かみ》の毛はメチャクチャにからまってしまっているし、ところどころ頭皮も見えている。まぶたはしまっていて長いマツゲがついていたが、そのマツゲもまばらだ。その上、顔の半分に青カビが出て、ブツブツしているのがなんとも不気味だった。

口の部分がカタカタと動くような仕掛《しか》けになっているらしく、切れ目が入っていた。

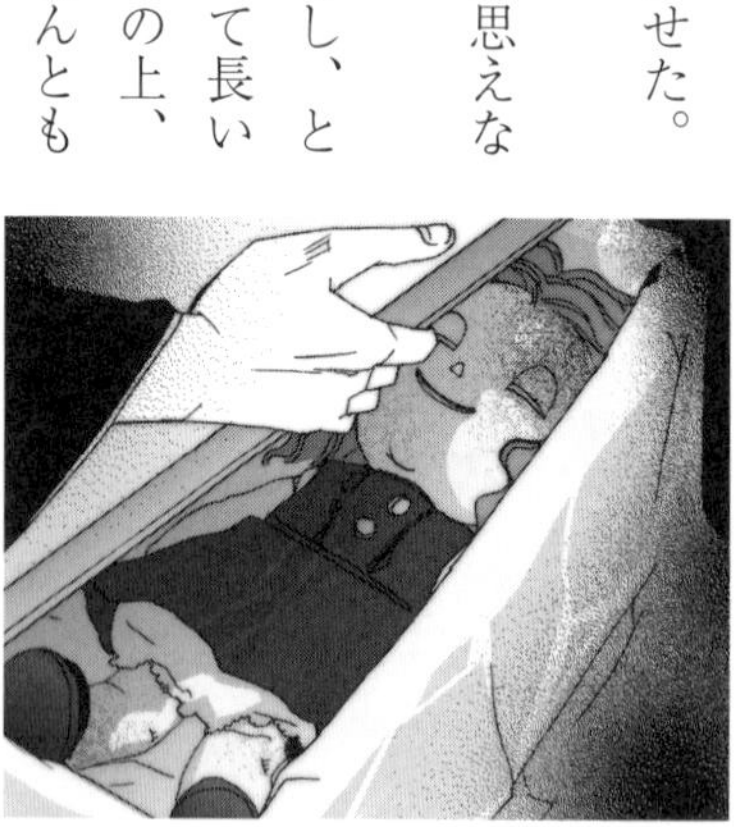

「さわってもいいですか?」
夢羽《むう》が聞くと、お坊《ぼう》さんは「もちろんですよ」と微笑《ほほえ》んだ。
よくまぁこんな不気味な人形をさわったりできるもんだと、元《げん》も瑠香《るか》も感心したが、夢羽《むう》はまったく気にもしていないようすで人形をつかみあげた。

その途端《とたん》だった！


「ママァ――！」


目をパチッと開き、妙《みょう》にリアルな声で人形が声を出した！

元《げん》も瑠香《るか》も思わず後ろにひっくり返った。

あまりに驚《おどろ》き過《す》ぎて悲鳴さえ出てこない。口をぱくぱくさせて、あわあわ言っていた。

でも、夢羽《むう》は驚きもせずに人形の背中《せなか》を見たり、スカートをぱっとめくって中身を確《かく》認《にん》したりしていた。

しばらく調べて満足したのか、人形を元の箱にもどすと、お坊《ぼう》さんに礼を言って立ち上がった。

まだショックから立ち直れていない瑠香《るか》と元《げん》は、こんなところに残されては死んでしまうというような顔で必死に立ち上がった。

そして、お坊《ぼう》さんにぺこぺこと頭を下げ、夢羽《むう》の後を追いかけたのだった。

8

その何日か後のことだ。

放課後、また久美《くみ》の家に行くことになり、元《げん》、瑠香《るか》、夢羽《むう》の三人が集合した。久美《くみ》は家で待っているという話だった。

あの日以来、何を聞いてもはっきりと答えない夢羽《むう》にイライラしていた瑠香《るか》が聞いた。

「何かわかったわけ？」

すると、夢羽《むう》は少しいたずらっぽい顔で笑った。

「実は、こういう便利な道具があってね」

そう言ってリュックから取り出したのは、小さなパラボラアンテナのようなものがついた銀色のボックス。

「なぁに？　これ」

「これは『霊《れい》レーダー』」

「『霊レーダー』!?」

「そう。ほら、こういうふうに……」

夢《む》羽《う》が言うと、急にそのアンテナがゆっくりと首を振《ふ》り始《はじ》めた。

「うわっ」

興味津々《きょうみしんしん》のふたり。夢《む》羽《う》はそのふたりにその装置《そうち》を向けた。

「え？」

と、言ってる元《げん》のほうにアンテナが向いた途端《とたん》。ビービービー！　と、鋭《するど》い電子音が鳴り始めた。その上、アンテナの先が赤く点灯している。

「な、なんだぁ??」

びっくりしている元《げん》に、夢《む》羽《う》は首をひねった。

「元《げん》、キミ、もしかすると霊に取《と》り憑《つ》かれてるのかも」

「う、うっそ。変な冗談《じょうだん》やめてくれよ！　ひゃはっはっは……」

笑ってはいるが、涙目《なみだめ》。

かなりマジでビビッている。

しかし、夢羽《むう》も真剣《しんけん》そのもの。笑いもせずに、その霊《れい》レーダーのスイッチをパチッと切った。

「これはかなり信憑性《しんぴょうせい》のある装置《そうち》だよ。何せ、霊払《れいばら》い用《よう》にアメリカやヨーロッパで一番使われているという機械なんだから」

「そ、そうなの!?　すっごーい。でも、そんなもの、どうして夢羽《むう》が？」

瑠香《るか》が感心して言うと、夢羽《むう》はひょいと肩《かた》をすくめた。

「ちょっとしたツテでね。急いで取り寄せてもらったんだ。これで、あの家にまだタチの悪い霊がいるかどうかを見る」

「すっご――い。そっか!!　わかった。で……もしいたらどうするの？」

と、瑠香《るか》に聞かれ、夢羽《むう》はまた首をひねった。

「ま、なんとかする」

その答えに、瑠香《るか》は首をひねりながら自転車に乗ったのである。

元《げん》はというと。

自転車に乗りながら、そんなすごい本格的《ほんかくてき》な装置《そうち》で、自分に霊《れい》が取《と》り憑《つ》いていると反《はん》応《のう》があったんだったら!? と、そのことで頭がいっぱいになっていた。

＊＊＊

「こ、これがその『霊レーダー』という装置なの??」

まるで自分が発明した装置のように得意げに説明《せつめい》する瑠香《るか》を見つめ、久美《くみ》は泣きそうな顔で、夢羽《むう》の手の中にある銀色のボックスをこわごわ見つめた。

「じゃ、ちょっと検査《けんさ》させてもらうね」

「う……うん……」

久美《くみ》がうなずくと、母の実香《みか》も妹の笑美《えみ》もめいっぱい不安そうに見ていた。

夢羽《むう》は、まるで科学特捜隊《かがくとくそうたい》のような表情《ひょうじょう》で、その装置《そうち》を持ち、スイッチをパチッと入れた。

すぐにアンテナがくるくると首を振《ふ》り始《はじ》める。

「あ、元《げん》くんはジャマだから、レーダーの近くにいないほうがいいんじゃない?」

瑠香《るか》がまたよけいなことを言う。

でも、たしかにまた自分のところで反応《はんのう》してしまったら、ここの家と関係あるのかどうかわからないし、それにまずそんなのはいやだ。

だから、ぶすっとした顔で遠巻《とおま》きに見ていることにした。

夢羽《むう》は霊《れい》レーダーを胸《むね》の位置まで持ち上げて、玄関《げんかん》から廊下《ろうか》を通って、居間《いま》へと歩いていく。

丹念《たんねん》に調べた後、いよいよ久美《くみ》と笑美《えみ》の部屋《へや》へ。

ピンク色や明るい黄色、オレンジ色などが目に飛びこむ。いかにも少女ふたりの部屋という感じ。かわいらしい手作りのお人形やぬいぐるみなどが飾《かざ》ってある。

そこでも、アンテナはクルクルと回っていたが、何の反応も示《しめ》さなかった。

念のためにと、トイレのなかやバスルーム、ベランダまで調べて回ったが、やはり反《はん》応《のう》はなし。

居間《いま》にもどって、みんなホッとしたような、やはりまだ半信半疑《はんしんはんぎ》なような顔つきでソファーに座《すわ》った。

特に実香《みか》は、子供《こども》じみた道具で何をしているんだろう、まさかからかってるわけではないだろうかと困惑気味《こんわくぎみ》だ。

「やっぱり関係ないってことかな……？」

久美《くみ》が言おうとすると、夢羽《むう》はそれを手で制止《せいし》した。

そして、装置《そうち》を白いテーブルの上に置き、笑美《えみ》に向かって微笑《ほほえ》んだ。

「この装置、すごい機械なんだ。絶対《ぜったい》に、わかってしまうの。幽霊《ゆうれい》のしわざかどうか、それとも……人が幽霊のまねをしているかどうかも……」

笑美《えみ》は、それを聞いてちっちゃな目をまん丸にして、ぎゅうっと両手を握《にぎ》りしめた。

夢羽《むう》は、笑美《えみ》に笑いかけたまま言った。

「笑美《えみ》ちゃんだったんだね？」

元《げん》たちは、夢羽《むう》が何を言っているのかわからなかった。

でも、笑美《えみ》は、少しだけポカンとした顔をしていたが、みるみる顔をゆがめ、わぁああ——ん!!　と、手放しで泣き始めてしまった。

驚《おどろ》いたのは他のみんな。

特に実香《みか》は驚いて、笑美《えみ》をなだめ、落ち着かせようとした。

そして、

「そんな得体の知れないオモチャ持ち出して、小さな子供《こども》を脅《おど》かしたり、泣かせたり。いったいなんなの!?　あなた」

と、夢羽《むう》に怒《おこ》り出《だ》した。

「そ、そうだよぉ。笑美《えみ》がかわいそ

う……」

久美《くみ》も泣き出しそうな顔。

しかし、いくら責《せ》められても、夢羽《むう》は表情《ひょうじょう》を変えず、微笑《ほほえ》んだままでもう一度聞いた。

「エリカちゃんをもどしたのは、笑美《えみ》ちゃんだったんだよね？」

これには、久美《くみ》も実香《みか》も……そして、元《げん》も瑠香《るか》もびっくり。

笑美《えみ》はいったん泣きやんだかと思うと、またまた大声で泣き始めた。

「……そうなの？　笑美《えみ》ちゃん……」

実香《みか》が聞くと、ヒックヒック……と、笑美《えみ》はしゃくりあげながらようやく首をたてに振《ふ》った。

そして、またわんわん泣き始めたのだった。

9

結局、当初両親が思っていたのが正解《せいかい》だったのだ。

笑美《えみ》は、あの人形（エリカちゃん）が、どんなに汚《きたな》くなっていても離《はな》しがたかった。

ただ、新しいママの実香《みか》は、かわいらしいお人形を作ったり、家の飾《かざ》りを作《つく》ったりしてくれる。それはそれで、とてもうれしかったのだが、それとこれとは別で。壊《こわ》れてても、カビが生えていても、髪《かみ》がグシャグシャでも、毎日いっしょに寝《ね》ていたエリカちゃんは特別なのだ。

でも、「汚いわね」と言われ、「カビが生えているのにほおずりして寝ているのは、衛生上《えいせいじょう》どうかと思う」と実香《みか》が父親《ちちおや》の勝昭《かつあき》と話しているのを聞いた。勝昭《かつあき》はすぐ「じゃあ、捨《す》てればいいよ」と言った。

もちろん、実香《みか》はちゃんと笑美《えみ》に捨ててもいいかと確認《かくにん》してくれたが、笑美《えみ》は捨てちゃだめと、とても言えなくなってしまった。

たしかに、女の子らしい色彩《しきさい》できれいに飾りつけられた部屋《へや》に、エリカちゃんはあまりに不釣《ふつ》り合《あ》いだった。

とはいえ、いざ……本当に捨《す》てられそうになると、たまらなくなってベッドにもどし、いっしょに寝《ね》た。

次にまた捨てられそうになった時も、こっそりもどしておいた。

もしかしたら、一度だけでなく二度もエリカちゃんが自分でもどってきたんだから、しかたないねと言ってもらえるかもしれないと思ったからだ。

結果……。

笑美《えみ》の思いとはまったく別のほうに進んでしまった。

エリカちゃんはますます気味悪がられ、笑美《えみ》にはどこにあるかもわからないお寺で供《く》養《よう》され、そこに引き取られてしまったのだ。

もう、こうなっては元にもどすことなどできない。

たぶん、いや、もう絶対《ぜったい》エリカちゃんとは二度と会えない……。

その日から、エリカちゃん抜《ぬ》きで寝なくてはならなかった。以来、なぜか咳《せき》が出たり、微熱《びねつ》が出たりするようになってしまったのだ。

そのことを笑美《えみ》の幼《おさな》い説明で、なんとなくつかめてきた実香《みか》も久美《くみ》も、笑美《えみ》のことがかわいそうでたまらなくなった。

特に実香《みか》は涙《なみだ》をいっぱいにため、

「笑美《えみ》ちゃん！　どうしてもっと早くに言ってくれなかったの？　ううん、ママが悪かったね。エリカちゃんは笑美《えみ》ちゃんにとって、すっごく特別なお友達《ともだち》だったんだもんね。なのに、汚《きたな》いなんて言ってごめん。捨《す》てるなんて言って本当にごめんね!!」

と、言った。

笑美《えみ》は、実香《みか》が泣いてるのを見て、驚《おどろ》いて、

「ママ、ごめんなさい!!」

と、抱《だ》きついた。

久美《くみ》も涙をボロボロこぼして言った。

「お姉《ねえ》ちゃんも笑美《えみ》のこと、ちっともわかってあげられなくてごめんね」

その久美《くみ》の肩《かた》も実香《みか》がギュッと抱《だ》きしめて。

三人、泣きながら抱き合っている。

元《げん》も瑠香《るか》も、もらい泣きして目が真《ま》っ赤《か》だ。

ただひとりクールな表情《ひょうじょう》のままの夢羽《むう》が言った。

「あの人形、声の出る部分が故障《こしょう》していたそうですけど。単なる接触《せっしょく》不良だったようですね。このところ、あっちにやられたりこっちにやられたりしたから、逆《ぎゃく》に、少し良くなったようです」

「ああ、だから『ママー！』って言ったんだ!?」

元《げん》が聞くと、夢羽《むう》はうなずいた。

「きっと簡単《かんたん》に直せますよ」

すると、実香《みか》は顔を上げて言った。

「でも……どうしてあなたはわかったの？」

これは元《げん》たちも知りたかったことだから、みんな夢羽《むう》に注目した。

彼女《かのじょ》は、こともなげに言った。

「別に。一番シンプルに考えてみただけです」

実香《みか》は感心したように何度もうなずき、そして頭を下げた。

「さっきは失礼なことを言ってごめんなさい。本当に大人《おとな》げなかったわ。あなたはきっと……笑美《えみ》が言いやすいように演出《えんしゅつ》してくださったのよね？」

「まぁ……そういうことになりますが。で、人形のことですが……」

と、夢羽《むう》が続けようとすると、実香《みか》はそれを止めて言った。

「わかってます。一刻《いっこく》も早く引き取りに……いえ、お迎《むか》えに行きましょう。それで、お顔や髪《かみ》の毛をきれいにするわ。ついでに、ママ、新しいお洋服を作ってあげる。それで、許《ゆる》してくれる？」

すると、実香《みか》や久美《くみ》にくっついていた笑美《えみ》が、ようやく名前通りの素敵《すてき》な笑顔《えがお》を見せてくれたのだった。

10

「ま、よかったよな。霊現象《れいげんしょう》でもなんでもなくて」

久美《くみ》の家を出て、自転車を置いた場所へ向かいながらの会話である。

「あははは、あんなにビビッてたのにね。それに、お人形にもかなりビビッてたよねー、元《げん》くん」

瑠香《るか》が大笑い。

ちぇ、自分だってそうとうオタオタしてたじゃないか。

すると、先を歩いていた夢羽《むう》が急に振《ふ》り返《かえ》った。

手には霊《れい》レーダーを持って。

「ああ、そういえばその『霊レーダー』って何？　やっぱでたらめ？」

元《げん》が聞くと、

「とんでもない。これは本物の霊探知機《れいたんちき》だ。ラップ音で有名なニューヨークのある姉妹《しまい》の家でも、このレーダーで探知し、そこを掘《ほ》ったら他殺死体が発見されたそうだし。日本でも、北海道《ほっかいどう》のお寺に安置されている……髪《かみ》の毛が伸《の》びるお菊人形《きくにんぎょう》、あれにも敏感《びんかん》に反応《はんのう》したらしいよ」

と、さらっと言ってみせた。

「ほんと？　じゃあ……やっぱり元《げん》くんって、何かに取《と》り憑《つ》かれてるのかな」

瑠香《るか》がいやなことを言う。

「さあ……まぁ、このレーダーはほぼ百パーセントの確率《かくりつ》で、浮遊霊《ふゆうれい》も地縛霊《じばくれい》も探知《たんち》できるらしいけど。じゃあ、もう一度やってみようか」

夢羽《むう》が言うと、瑠香《るか》は、

「うんうん!! やってやって」

と、すかさず言った。

「いいよ、もう!!」

元《げん》はそう言いながらも、やはり気になる。

夢羽《むう》は無表情《むひょうじょう》のまま、また霊レーダーのスイッチをパチッと入れた。

アンテナがまたクルクルと回り始める。

そして、元《げん》の方向にピタッと止まるや、ランプが点灯し「ビービービー!!」と、けたたましく鳴り出したのである!!

真《ま》っ青《さお》になった元《げん》。夢羽《むう》の持っている装置《そうち》をよく見ようと、近づいた時、彼《かれ》は見てしまった。

夢羽《むう》が手元にある小さなスイッチを押《お》しているのを。

装置《そうち》自体のスイッチとはまた別のスイッチである。

「あああぁ!! 茜崎《あかねざき》、それだろ、そのスイッチだろ!?」

元《げん》に見とがめられ、夢羽《むう》はニコニコ笑って、手元のスイッチを入れたり切ったりした。

そのたびに、静かにアンテナが回ったり、止まってランプが点灯し、ビービーとうるさく鳴ったりした。

「やっぱり!!!」

完璧《かんぺき》にだまされていたのだ!

やはり、この装置、『霊《れい》レーダー』なんてのは真《ま》っ赤《か》なウソだったのだ。

「ま、これで一発脅《おど》かせば、すぐに本当のこと、言ってくれると思ったしね」

と、涼《すず》しい顔の夢羽《むう》。

「じゃ、そのために作ったの??」

瑠香《るか》が聞くと、夢羽《むう》は涼しい顔で「そうだ」と答えた。

そうか。

この何日か、この装置《そうち》を作っていたんだな？

ったく。脱力《だつりょく》もいいところだ。

元《げん》は、その場にしゃがみこみ、ため息をついた。

後頭部に容赦《ようしゃ》ない真夏の太陽が照りつけている。

その背後《はいご》に瑠香《るか》が忍《しの》び寄《よ》り、夢羽《むう》に借りた霊《れい》レーダーのスイッチをオンした。

いきなりビービービーッ！　と、鳴り響く。

「うわあぁぁあ!!」

元《げん》は不意打ちを食らい、見事に尻餅《しりもち》をついてしまった。

ゲラゲラと笑い転げる瑠香《るか》。

にやっと笑う夢羽《むう》。

ミンミンうるさいセミ。

三人の夏はこれから本番を迎《むか》える。

おわり

公園は大さわぎ

1

「……？　な、なんだ、あれ」

クラスで一番のお調子者。
背《せ》は低いが、声も大きく足も速い。
河田《かわだ》、山田《やまだ》とともに、バカ田トリオとみんなに呼《よ》ばれている島田実《しまだみのる》。
彼《かれ》の日課は、「先生が来た!!」と、クラス中に報告《ほうこく》することだ。
野球帽《やきゅうぼう》を後ろ向きにかぶった島田《しまだ》は、五部林公園《ごぶりんこうえん》の横を走って通り過ぎようとして。
その足を止めた。
少しだけ後もどって。
両目を両手でこすって、もう一度見る。
しかし、何度見ても結果は同じだ。
「な、なんなんだ、あれ……!?」

意味もなく野球帽《やきゅうぼう》を脱《ぬ》ぎ、握《にぎ》りしめてから、またかぶった。

今度はちゃんと前に、ツバがくるように。

なのに、すぐ震《ふる》える指で後ろ前にかぶり直した。

この意味不明の行動からも、彼《かれ》がいかに興奮《こうふん》していたかがわかる。

指の震えはだんだん大きくなり、しまいにはいてもたってもいられないくらいに体中が震え出した。

島田《しまだ》はギュウッとゲンコツを握りしめ、震える両足を踏《ふ》ん張《ば》って。

喉《のど》が押《お》しつぶされたような声で言った。

「こ、こいつは……えらいこっちゃ！」

2

「朝っぱらから、んな、くっだんねぇウソつくなっ!!」

「どうせゲームのやりすぎで夜ふかしでもして、寝《ね》ぼけたんじゃねえの？」

「っていうか、まだ寝てんじゃねぇの？」

「そうだそうだ。夢《ゆめ》見てるんだぜ、きっと！」

銀杏《いちょう》が丘第一《おかだいいち》小学校の五年一組。

バカ田トリオの河田《かわだ》と山田《やまだ》が口々に言っては、島田《しまだ》の頭をポカポカこづいていた。

「ばっか、おまえ。本当に決まってんだろ!?　ウソのはずないじゃん」

両手で頭を隠しながら、島田《しまだ》は小さい目をめいっぱい大きくして口をとがらせた。

「本当なんだってば。ウソなら、もうちょっとまともなウソ言うって！」

とかなんとか。

なおも大声でわめいていた時、女子の栗林 素子《くりばやしもとこ》が教室に走ってやってきた。

そして、ガラッと後ろの扉《とびら》を開いて大声で言った。

「大変よ!!　五部林公園《ごぶりんこうえん》、ブランコでいっぱいになってるって！」

すると、島田《しまだ》をこづいていたふたりが立ち上がった。

「な、なんだって⁉」

「やっぱり噂《うわさ》は本当だったのか……」

これには島田《しまだ》も頭にきて、

「お、おめえらなぁあ‼ だぁら、さっきからオレがそう言ってんだろ？ しかも、オレはこの目で見てきたんだ」

と、飛び出しそうな目を指さしてわめく。

まぁ、日頃《ひごろ》の行いのよし悪しで、人の言葉の重みというのも決まってくるらしいから、この時の反応《はんのう》はしかたないだろう。

それに、他の生徒たちも、さっきまではバカ田トリオをうるさいなぁと思って見ていただけなのに、手のひらを返したように島田《しまだ》を取り囲んだ。

「ブランコがいっぱいって、どういうことだ？」

「島田《しまだ》くん、本当に見たの⁇」

「いつの話？」

「どこの公園⁉」

と、口々に質問した。

島田《しまだ》はびっくりした顔で頭をかいていたが、少し落ち着いてくると、やたら得意そうに今朝《けさ》のことを話し始めた。


彼《かれ》の家は銀杏《いちょう》が丘《おか》農業高校のすぐ近く。

五部林公園《ごぶりんこうえん》は、和野戸神社《かずのこじんじゃ》と農業高校とのほぼ中間あたりにあった。

いつものように公園の前を走りぬけようとして、変なものを見たような気がした。

驚《おどろ》いてもどってみると……。

ふだんは四つだけ、ちんまりと並《なら》んでいたピンク色のブランコ。それが、公園中、あちこちにあるではないか。

なんと全部で十六個《じゅうろっこ》も‼
一、二、三……と何度も数えたんだから間違《まちが》いないと島田《しまだ》は赤い顔で主張《しゅちょう》した。
たしかにこんな奇想天外《きそうてんがい》なこと、すぐには信じられない。

でも、いつもは島田《しまだ》のことをバカにしている栗林《くりばやし》が、

「ううん、本当のことらしいよ。だって、さっき二組の人たちも大騒《おおさわ》ぎしてたから」

と、援護《えんご》したもんだから、急に信憑性《しんぴょうせい》が高くなったというわけだ。

好奇心旺盛《こうきしんおうせい》な杉下元《すぎしたげん》は、さっきから耳をぴくぴくさせて、その話を聞いていたが、今はそれどころじゃない。

早いとこ、算数の宿題プリントをすませなくちゃ！

二枚《にまい》あったのに、その二枚がぴったりくっついていて、一枚しかないと勘違《かんちが》いしていたのだ。その驚愕《きょうがく》の事実に気づいたのは、ついさっき。

内心、ひーひー言いながら小数のかけ算をやりつつ、頭はブランコでいっぱいになった五部林公園《ごぶりんこうえん》でいっぱいになっていた。

小数点がブランコに乗って、キーコキーコとゆれてるようなありさまだ。

何度やってもへんてこな答えになってしまう。

3・5に8・2をかけただけなのに、なぜ28030・02にもなってしまうのか。

元《げん》は、ふうっと大きくため息をついた。

ま、幸い算数の授業は三時間目だ。二時間目の後の二十分休みにやっちゃえばいっか。

と、あきらめかけた時だ。

「ねえ、どういうことだと思う?」

江口瑠香《えぐちるか》が元《げん》の前の席にドンと座《すわ》った。

クルリンとカールした髪《かみ》を高い位置でふたつ結びにし、ピンクのノースリーブにジーンズ生地《きじ》のミニスカートというスタイル。

元《げん》とは、保育園《ほいくえん》の頃《ころ》からの幼《おさな》なじみだ。いつも保育園では隣同士《となりどうし》でオムツを替《か》えられていたらしいが、そんなことはさっさと忘《わす》れたい過去《かこ》である。

「さあ……、役所で予算が余《あま》っちゃったとかな」

短髪《たんぱつ》の頭をかきつつ、元《げん》が言うと、彼女《かのじょ》は首を傾《かし》げた。

「でも、予算が余るのって、三月とかじゃない?　パパがよくそう言ってるもん」

「うーん……そっかなぁ」

「そうだよ。それに、変過《へんす》ぎるもん。ねぇ、夢羽《むう》はどう思う?」

瑠香《るか》が聞いたのは、元《げん》の隣《となり》で爆睡《ばくすい》していた茜崎夢羽《あかねざきむう》である。

腰《こし》まで届《とど》くような長い髪《かみ》はあいかわらずボサボサ。一本一本が細くて柔《やわ》らかいから、一度からまるとブラシを入れるのが大変なんだろう。

黒いT《ティー》シャツに茶の七分パンツという大人《おとな》っぽい格好《かっこう》がまたよく似合《にあ》う。

しかし、夢羽《むう》は熟睡《じゅくすい》したまま起きる気配がない。

なぜかはわからないが、彼女《かのじょ》、いつもいつも眠《ねむ》そうにしていて、学校でもこうして爆睡するのだ。

瑠香《るか》はなおも夢羽《むう》に話しかけようとしたが、結局は肩《かた》をすくめてあきらめた。

他の生徒たちは、まだ島田《しまだ》を囲んでワイワイやっている。

と、そこへプー先生こと、小日向先生《こひなたせんせい》が突然現《とつぜんあらわ》れた。

「ほら、何騒《さわ》いでるんだ?」

いつもは「先生が来た!!」と報告《ほうこく》するのが日課になっている島田《しまだ》も、今日《きょう》はそれどころじゃない。

なので、熊《くま》のようにヌーッと現れた先生は、みんなを大いに驚《おどろ》かせた。

あわててそれぞれの席にもどり、いつものように授業《じゅぎょう》が始まったのだが……。

3

とはいえ、みんなの頭からブランコがなくなったわけではない。

授業を聞いていても上の空。

いつまでたっても、ブランコがユラユラとゆれ続けていた。

だから、放課後になって、クラスのほとんどが五部林公園《ごぶりんこうえん》に押《お》しかけたのは当然だろう。

もちろん、元《げん》も瑠香《るか》もかけつけた。

他のクラスの生徒たちも来ていたし、近所の人たちも来ていて、ふだんは静かな公園が人気スポット並《な》みのにぎやかさだった。

ちゃっかりアイスクリーム屋まで出ていて、けっこう繁盛《はんじょう》していた。

近所の人たちの話では、すでに警察《けいさつ》もやってきて調べた後だという。

まぁ、別に人が乱暴《らんぼう》されたとか、死体が発見されたとか、そういう物騒《ぶっそう》な事件《じけん》ではないから、これから対処《たいしょ》を考えようということで帰っていったそうだ。

で、問題の五部林公園《ごぶりんこうえん》。

元《げん》もよく遊んだ公園だ。今はそうでもないが、低学年の頃《ころ》は毎日のように来たもんだ。

入り口から少し進んだ脇《わき》、アジサイの植えこみの隣《となり》あたりにピンク色のブランコが四つ。あとは、藤棚《ふじだな》の下に砂場《すなば》があって、その隣にパンダやウサギ、キリンなどの置物がある。で、その奥《おく》にすべり台、ジャングルジム……という公園といえばこうだろ？　みたいな典型的な遊具が並《なら》んだ、何の変哲《へんてつ》もない公園だった。

それがどうだ！

すべり台や砂場の隣、あっちこっちにブランコが並んでいる。

まるでピンクの花が一度に咲《さ》いたようで、その華々《はなばな》しいこと！

一応《いちおう》、警察《けいさつ》は危《あぶ》ないからブランコに乗らないように、公園の入り口に注意書きを書いておいたのだが、そんなもの、ひとりが無視《むし》して乗ってしまえばどうしようもない。

我《われ》も我もと押《お》しかけ、子供《こども》たちは大喜びで早速《さっそく》ブランコに試乗しまくった。

あっちでユラユラ、こっちでユラユラ。

気をつけないと、こいでる同士がぶつかりそうになるくらいだ。

いや、実際《じっさい》ブランコ同士がからまって、キャアキャア悲鳴があがったりしていた。

そのブランコに乗ってみたいと、みんなが順番待ちの列まで作っている。

「役所もこんな無駄《むだ》なことするんだったら、もうちょっと別の遊び道具を作るとかしてほしかったなぁ……」

などと文句《もんく》を言いつつ、瑠香《るか》はちゃっかり順番の列に並《なら》んでいた。

さすがに元《げん》は列には並ばなかったが、やっぱりこれは役所がやったことじゃないだろうと思っていた。

怪物《かいぶつ》が使うのか？　というような巨大《きょだい》ゴミ置き場を作ったかと思うと、無意味にゴージャスな噴水《ふんすい》を作ったり。たしかに、役所というのは無駄なものを作っては市民からブーブー言われている。

でも、いきなりブランコでいっぱいにするなんて、やはり無駄過《むだす》ぎる。

そして、あまりに不思議過ぎる。

不思議なことを解決《かいけつ》するなら、やっぱりここは夢羽《むう》の出番だな。

ま、どうせ彼女《かのじょ》は来てないだろうけど……と思っていたら、なんとなんと。

元《げん》の横に、いきなり当の本人が立っていた！

「茜崎《あかねざき》!?」

「ずいぶんとすごいことになってるな……」

細くって小柄《こがら》な彼女《かのじょ》。

ボサボサの長い髪《かみ》をうるさそうにかきあげ、クールな横顔をのぞかせている。色白で、目の色も少し薄《うす》い。まぶしそうに目を細めるのが、またまた美しい。

「う、うん……」

元《げん》は思わず声を詰《つ》まらせてしまった。

夢羽《むう》がこういうことに興味《きょうみ》を持って、みんなと同じように野次馬になるなんて、なんとなく似合《にあ》わないように思えたからだ。

そんな彼《かれ》を夢羽《むう》は不思議そうに見た。

「ん？　どうかした？」

「い、いや、なんかさ。茜崎《あかねざき》はこういうのって、あんまり興味《きょうみ》ないかなと思ったからさ」

「そう?」

あっさりそう答える。

「ママぁ、パンダさんに乗りたいぃー!」

その時、幼稚園児《ようちえんじ》くらいの男の子がすぐ後ろで叫《さけ》んだので、夢羽《むう》も元《げん》もびっくりしてしまった。

男の子は口をへの字にして、若《わか》い母親をドンドンと叩《たた》いている。

「パンダさんに乗りたいぃー!!」

母親は、困《こま》ったように言った。

「だめよ、ヒロくん。今日《きょう》は公園、こんなにすごいことになっちゃってるから。人も多いし、また今度来ましょう。ね?」

そして、まだむずかっている男の子を引きずるようにして連れていき、公園から出て行ってしまった。

そのようすをボーっと見送っていたふたりだったが、夢羽《むう》はふと我《われ》に返り、増《ふ》えたブランコをひとつひとつ見て回り始めた。

元《げん》もその後をついていく。

「何か変わったとこ、ある？」

と、聞いてみたが、彼女《かのじょ》は「いや、ただのブランコだねぇ」と笑った。

その笑顔《えがお》がまたかわいいっていうか、美しいっていうか。

ついついボーっと見つめていたら、その背中《せなか》をバシッと叩《たた》かれた。

瑠香《るか》だ。

「ちょっとぉ、ふたりで何やってんの。調査《ちょうさ》するなら、わたしも入れてよ!!」

ぷーっと頬《ほお》をふくらませて元《げん》を見上げる。

「ああ、江口《えぐち》。ブランコは？」

「うん、乗ってきた。でも、ただのブランコだよ。別に乗ったからといって、精神《せいしん》をコントロールされたりはしないみたい」

「なんじゃそりゃ」

「ほら、あるじゃない？　そういうの。地球の子供《こども》たちを思うように操《あやつ》って、地球征服《せいふく》をたくらんだり」

「…………」

絶対《ぜったい》、テレビの見過《みす》ぎだ。

力なく元《げん》がため息をつくと、瑠香《るか》は口をとがらせた。

「何よぉ！　じゃ、重要な情報《じょうほう》、いらないってわけ？」

4

瑠香《るか》がブランコに試乗するため、順番を待っていた時のこと。

同じように並《なら》んでいた子供《こども》たちがコソコソと噂話《うわさばなし》をしていたそうだ。

「ねぇ、このブランコって今朝《けさ》、すっごーく早くに運んできたらしいよ」

「うん、聞いた聞いた。江川《えがわ》さんちのお父《とう》さんが見たって、アレでしょ？」

「そそ。江川《えがわ》さんちのお父さん、ジョギングしてるんだってね」

「うふふ、ちょっとお腹《なか》が出《で》っ張《ぱ》ってるもんね」

「でね、公園の前に大きなトラックが停まってて、迷惑《めいわく》だったんだって。通りぬけられなくって。で、どこのトラックだろうって、ちゃんと名前を見たらしいよ」

「トラックの？」

「そうそう。それで、そのブランコを持ってきた会社がわかって、警察《けいさつ》がそこに聞きに行ったらしいのよ」

「へぇー！　じゃ、江川《えがわ》さんちのお父《とう》さん、お手柄《てがら》じゃない？」

「そっかぁ。あははは……」

瑠香《るか》の耳はゾウさんの耳状態《じょうたい》。

クルッと振《ふ》り向《む》き、その女の子たちに質問《しつもん》したという。

「で、その会社名、なんていうの？」

「ええ？」

急に知らない女の子から話しかけられ、噂話《うわさばなし》をしていた子たちはびっくりした。

でも、さすがにそこまでは聞いてなかったようで、知らないと返事をしたそうだ。

そこまで聞いて、元《げん》はますます確信《かくしん》を持った。

「なるほどね。ということは、やっぱりこれ役所のやったことじゃないってことだね。だったら、警察《けいさつ》が調べに行ったりしないはずだし」

それを聞いて、瑠香《るか》はさもあきれたように言った。

「あったり前じゃない!!」

その言い方にはひどく傷《きず》ついた。

それにだ。ついさっき「役所ももうちょっと別の遊び道具を作るとかしてほしかった」とかなんとか、文句《もんく》言ってたのは瑠香《るか》じゃなかったのか。

しかも、

「あ、あのなぁ、そりゃそうだけど。一応《いちおう》、念のために言っただけじゃないか。っていうか、そんなのあっさり聞き流せよな！」

と、元《げん》が文句を言ってる時にはすでに聞いてなくて。

「だから、その江川《えがわ》って人のところに聞きに行くのがいいんじゃないかと思うのよね。わたし、住んでるところ、さっきの子たちに聞いてきたから」

などと、夢羽《むう》に言っていた。

「あのぉー……」

その時、噂《うわさ》をしていたという女の子たちが、もうひとり女の子を連れてやってきた。

背《せ》のひょろっと高い子で、髪《かみ》をふたつ結びにしている。

「あ、さっきの……」

瑠香《るか》が言うと、彼女《かのじょ》たちは元《げん》や夢羽《むう》を見て、少し恥《は》ずかしそうに笑った。

「あ、あのね。この子なの、江川《えがわ》さんって」

丸いめがねをかけた女の子が言うと、「江川《えがわ》」と呼《よ》ばれた女の子が元《げん》たちを見下ろしながら言った。

「パパが見たトラックには『カムパネルラ商会』って書いてあったそうよ。変な名前だから覚えてるんだけど」

なんだか話し方がすごく得意そうで、それがおかしかった。

でも、夢羽《むう》が、「え⁇　本当に？」と真剣《しんけん》な表情《ひょうじょう》で聞き返したので、元《げん》は驚《おどろ》いた。

瑠香《るか》も意外に思ったらしい。

「どうかしたの？　知ってる会社？」

しかし、夢羽《むう》はすぐにまたポーカーフェイスにもどってしまっていた。

代わりに、江川《えがわ》のほうが顔を赤くして、まくしたてた。

「ほ、本当よ！　パパはウソつかないもん。それに、警察《けいさつ》がちゃんと調べに行ったそうだしね。さっき警察から電話があったって言ってたもん。朝、うちにも来たけど、テレビに出てくる人みたいに、すっごくかっこいい刑事《けいじ》だったわ」

江川《えがわ》の話で、元《げん》も瑠香《るか》も、すぐあの変身もののヒーローみたいな峰岸《みねぎし》の顔が浮《う》かんできた。

例の謎《なぞ》の道路標識《ひょうしき》の時、知り合いになった刑事だ。

そんなにたくさんかっこいい刑事がいるとも思えないし、きっと彼《かれ》だろう。

長めの茶髪《ちゃぱつ》で、すっきりした二枚目《にまいめ》。あまりにハンサム過《す》ぎて、警察署《けいさつしょ》でひとり浮《う》いていたっけ。

「ふうん、で、結局どうだったって？」

瑠香《るか》が聞くと、江川《えがわ》は得意げに小鼻をふくらませた。

「さあ、くわしくは知らない。ありがとうございましたってだけだったそうだし」

「なぁーんだ……」

思わず素直《すなお》な感想をもらしてしまった瑠香《るか》を、江川《えがわ》がすごい表情《ひょうじょう》でにらみつけた。

「何よぉ、忙《いそが》しいのに、せっかく話してあげてるっていうのに。なんなの？　この失礼な子は」

どうやら、この江川《えがわ》という女の子。そうとう短気で気が強いらしい。

しかし、気が強いっていう点で、瑠香《るか》に勝《か》てる人間などそうそういない。

「忙しい人が公園に、いったい何の用事なんだろう」

と、わざと聞こえるように言ったりして。元《げん》は気が気ではなかった。

案の定、「なんですって!?」と、江川《えがわ》。

「べっつにー！」

瑠香《るか》はクルリンとカールした髪《かみ》を指先にクルッと巻《ま》きつかせ、そっぽを向いた。

おいおい、こんなところでケンカするなよ！

ハラハラはするが、かといって、女子同士のケンカの仲裁《ちゆうさい》をするような度胸《どきよう》も趣味《しゆみ》もない。

ま、いいや。

どうとでもなれ。

それより、夢羽《むう》は……？

と、思って見た時、彼女《かのじよ》はもう公園を後にして、駐輪《ちゆうりん》した自転車のところに向かっていた。

5

「あ、茜崎《あかねざき》！」

あわてて追いかける。

自転車にまたがった夢羽《むう》は、「は?」というふうに元《げん》を見た。

「どうするんだ? 調べに行くんだろ?」

元《げん》が聞くと、夢羽《むう》ではなく後ろから瑠香《るか》の声がした。

「そりゃそうでしょ。さあ早く、例のかっこいい刑事《けいじ》に会いに行きましょ!」

彼女《かのじょ》も自転車を押《お》してやってきて、夢羽《むう》と連れ立って走り出してしまった。

「ちょ、ちょっと、ま、待てよぉ!!」

焦《あせ》って元《げん》も自転車にまたがる。

坂道を降《お》りて、自動車工場の脇《わき》を走りぬけ、咲間川《さくまがわ》にかかる舞橋《まいはし》を渡《わた》る。

舞橋《まいはし》のすぐ隣《となり》には、双子《ふたご》のようによく似《に》た鯛橋《たいはし》というのがかかっている。そのふたつの橋を越《こ》えると、すぐに市営《しえい》図書館があり、それを過《す》ぎてしばらく行くと、大きな国道にぶつかる。

銀杏《いちょう》が丘警察署《おかけいさつしょ》は、国道沿《ぞ》いにあった。

輸送用《ゆそうよう》のダンプカーがうなるように走る四車線の道。空気も悪く、ほこりもすごい。

三人は横断《おうだん》歩道を渡《わた》った後、歩道を走った。

警察署《けいさつしょ》の脇《わき》に自転車を停める。

一度来たことがあるとはいえ、この前は元《げん》の父、英助《えいすけ》がいっしょに来てくれたわけで。

子供《こども》だけで、ふらっと来るようなところではない。

正面玄関《げんかん》の前には、長い棒《ぼう》を持った警察官《けいさつかん》がなぜか仁王立《におうだ》ちしているし。

「ねぇ、あのおまわりさんって、どうしてあんなところに立ってるの？　何かあったのかな……」

「さあ……、でも、この前来た時も立ってたし。そういうもんなんじゃない？　警備《けいび》してるんだよ」

元《げん》が首をひねりながら答えると、瑠香《るか》は不思議そうな顔で言った。

「そっか。警察を警備してるんだぁ。変なの」

「うん……でも、どうしよっか。峰岸《みねぎし》さん、いるかなぁ……」

なんてふたりでコソコソ言ってると、

「とりあえずいるかどうか聞いてみよう」

夢羽《むう》は平気な顔で玄関《げんかん》から入っていった。

もちろん、元《げん》と瑠香《るか》もあわてててついていく。

警察署《けいさつしょ》の入り口には、受付がある。すぐ隣《となり》の広い部屋《へや》にはカウンターがあって、その奥《おく》にワサワサと人が出入りしているのも見える。

一見、市役所のようだが、壁《かべ》に凶悪犯《きょうあくはん》の写真や似顔絵《にがおえ》が貼《は》ってあったりするし、警官や女性《じょせい》の警官の姿《すがた》があちこちで見られるので、そこが違《ちが》う。

子供《こども》だけで現《あらわ》れるなんていうことはあまりない。だから、三人はたちまち注目の的になってしまった。

ど、どうしよう……。

居心地《いごこち》悪くなって、お尻《しり》のあたりがもぞもぞしてくる。

元《げん》が口をへの字に結び、キョロキョロしていると、

「あら、あなたたち。この前来た小学生ね？」

スラッとした若《わか》い女性《じょせい》の警官が声をかけてきた。

水色の半袖《はんそで》シャツに紺色《こんいろ》のネクタイ。紺色のスカート。腕《うで》には腕章《わんしょう》。肩《かた》にも、紺色の

ラインが入った飾《かざ》りがついていて、なかなかかっこいい。

ふんわりと自然なカールで今ふうのヘアスタイル。キュッと上がった唇《くちびる》もキュートだったし、切れ長の目もキラキラしていた。

「はい、そうです！」

瑠香《るか》がハキハキと答《こた》える。

夢羽《むう》も黙《だま》っているし、ここは仕切り屋の瑠香《るか》に任《まか》せたほうがいいと、元《げん》も黙っていることにした。

「あなたたち、すっごく目立ってたからよく覚えてるの。それに、この前の空《あ》き巣事件《すじけん》、解決《かいけつ》できたのはあなたたちのおかげなんですってね。本当なら表彰状《ひょうしょうじょう》ものだけど、小学生だし、もしかして犯人《はんにん》に覚えられるといけないからって、取りやめになったのよ。あ、ごめん。わたしね、内田《うちだ》っていいます。内田薫《うちだかおる》。よろしく！」

内田《うちだ》はニコニコしながら、元《げん》たちに挨拶《あいさつ》してくれた。

「わたし、瑠香《るか》です。江口瑠香《えぐちるか》。それから、こっちが杉下元《すぎしたげん》くん。で、彼女《かのじょ》が名探偵《めいたんてい》の茜崎夢羽《あかねざきむう》です！」

瑠《る》香《か》が三人まとめて紹介《しょうかい》した。

名探偵《めいたんてい》と言われ、夢羽《むう》は少しだけ眉《まゆ》を寄《よ》せた。

そう言われるのは心外なんだろう。

でも、内田《うちだ》はそれには気づかず、「へぇー！　あなたが？　すごいわねぇ」と、しきりに感心してみせた。

「で、今日《きょう》はどういうご用件《ようけん》？　もしかして、また事件かしら？」

内田《うちだ》に聞かれ、瑠《る》香《か》が答えた。

「峰岸刑事《みねぎしけいじ》に用があって来ました。いらっしゃいますか？」

「ああ、峰岸《みねぎし》さん……。わかったわ！　じゃ、呼《よ》んできてあげるから、ちょっとここで待っててくれるかな？」

内田《うちだ》はそう言うと、正面奥《おく》にある階段《かいだん》を上っていった。

彼女《かのじょ》のスカートは他の人たちより少し短めな気がする。まぁ、気のせいだと思うけど、すごく似合《にあ》うなぁ。かっこいいなぁ。それに、優《やさ》しいし。

なんてことをボーっと元《げん》が考えていると、瑠香《るか》にトンと肩《かた》を叩《たた》かれた。

弾《はじ》かれたように、驚《おどろ》いて彼女《かのじょ》を見る。

「え、な、何??」

「なぁに？　元《げん》くんたら。美人の警官さんに見とれてたんでしょー！」

「ち、違《ちが》うよ！」

と、ついウソを言ったが、瑠香《るか》はそれ以上追及《ついきゅう》しなかった。

「でも、よかった！　峰岸《みねぎし》さん、いるといいね!!」

目がハートマークである。

どうやら、彼女の関心は他のところにあるようだった。

6

「やあ！　久《ひさ》しぶりだね」

長めの茶髪《ちゃぱつ》に、すっきり整った目鼻立ち。

たしかに、警察署《けいさつしょ》ではそうとう浮《う》いた存在《そんざい》である。

内田《うちだ》と並《なら》ぶと、まるでテレビドラマのワンシーンのようだった。

長身の峰岸《みねぎし》は、少し身をかがめて、瑠香《るか》たちに話しかける。

そんな気取らない雰囲気《ふんいき》も好印象だ。

瑠香《るか》は早速用件《さっそくようけん》を切り出した。

「あのー、五部林公園《ごぶりんこうえん》のブランコのことなんですけど」

すると、峰岸《みねぎし》は少し驚《おどろ》いた顔になった。

「へぇ。ぼくが担当《たんとう》だって、よくわかったね」

「ええ、ちょっと聞きこみをしまして」

と、瑠香《るか》。

だぁぁ!! やめろよ、そういう言い方は。

恥《は》ずかしくて、元《げん》は顔を上げられない。

でも、峰岸《みねぎし》はニコニコしながら、

「ふふ、少年探偵団《たんていだん》のお出ましか。いいよ。今わかってることは教えてあげる。こんなところじゃなんだし。喫茶店《きっさてん》に行こうか。ジュースでもごちそうするよ」

と言った。

「わーい!」

瑠香《るか》は両手を挙げ、素直《すなお》に喜んだ。

「わーい!」

もうひとり喜んでいる人がいる。

内田《うちだ》だった。彼女《かのじょ》もまた、瑠香《るか》と同じように両手を挙げてみせた。その手を峰岸《みねぎし》が下ろして言った。

「君は仕事があるだろ」

内田《うちだ》は頬《ほお》をふくらませ、「ケチ!」と、不満そう。しかし、

「ケチだあ?」

峰岸《みねぎし》が言い返すと、肩《かた》をすくめ笑いながら元《げん》たちに言った。

「いえいえ、なんでもありませんよー。じゃ、君たち、またね!!」


「さっきのあの人、峰岸《みねぎし》さんの恋人《こいびと》なんですか?」

警察署《けいさつしょ》のすぐ近くにあった『ナイヤガラ』という喫茶店《きっさてん》。駅前にある喫茶店などに比《くら》べ、かなり古くさい。今時、アイスカフェオレがないというのも珍《めずら》しいし、ナポリタンなんていう食事メニューがあったりする。

運ばれてきたアイスコーヒーを一口飲んだ時、いきなり瑠香《るか》に聞かれたものだから、峰岸《みねぎし》はゲホゲホと派手《はで》にむせた。

「な、何を言い出すかと思ったら……」

「で、どうなんです？　わりといい感じに見えたんですけど」

瑠香《るか》は追及《ついきゅう》の手をゆるめない。

峰岸《みねぎし》はすっかり降参《こうさん》した顔。

「ははは、そうかい？　違《ちが》うんだけどね」

「ほんとですか？　やっぱり職場《しょくば》結婚《けっこん》って、何かと大変ですもんね。じゃ、彼女《かのじょ》は別にいるんだぁ」

またまた峰岸《みねぎし》がむせる。

「瑠香《るか》くんは、誘導尋問《ゆうどうじんもん》がうまいね。刑事《けいじ》にでもなるといいよ」

あーあ、そんな無責任《むせきにん》なこと言って。どうなっても知らないぞ。

元《げん》は天を仰《あお》いだ。

「ほ、ほんとにー!?　わーい、かっこいいな、女刑事なんて。たしかに、わたしってそういうの向いてるかもしれない！」

思った通り、瑠香《るか》はひとり大喜びした。

そんなことより、早く用件《ようけん》を話そうよぉ。

そう思った時、夢羽《むう》が初めて口を開いた。

「で、五部林公園《ごぶりんこうえん》のブランコのことですけど。持ちこんだトラックに書いてあったの、本当に『カムパネルラ商会』だったんですか？」

峰岸《みねぎし》は少しびっくりした顔になったが、すぐ真顔になってうなずいた。

「ああ、そうだよ。すぐに調べてみたが、どこにでもある何でも屋だった」

7

「何でも屋？」

元《げん》が聞くと、峰岸《みねぎし》はニコッと笑った。

笑うと、白い歯がこぼれる。

「そう。ほら、よくチラシが入ってないかい？　不用品を引き取ったり、引《ひ》っ越《こ》しの手《て》伝《つだ》いをしたり、家の掃除《そうじ》を手伝ったり。要するに、なんでもやりますよっていう会社だ」

「ああ……」

たしかに、そういうことが書かれたチラシが郵便受《ゆうびん》けにしょっちゅう入っている。

「そこの会社は、ただ頼《たの》まれて、ブランコを設置《せっち》したらしいよ」

「ちょっと待ってください。その何でも屋って、どこにあるんです？」

夢羽《むう》が聞くと、峰岸《みねぎし》は電子手帳を広げ、それを見ながら答えた。

「う～んと、この国道を左に行って右に曲がった先に緑色のビルがあってね。そこだよ。大きく『カムパネルラ商会』という看板《かんばん》があったし、一階が『ジョパンニ』という喫茶《きっさ》店《てん》だから、すぐわかるはずだよ。そこの二階だった」

「わかりました。で、ブランコはどこにあったものなんですか？」

「ブランコは……設置する二日《ふつか》前、バラバラの状態《じょうたい》で届《とど》いたらしいな」

「バラバラ……ああ、組み立て前ということか。……で、それを届けたのは？」

「ん、クロヒョウ運送だよ」

それは、テレビでもよくコマーシャルをしている有名な運送会社だ。

「なるほど」

「カムパネルラ商会のほうでは、指示通《しじどお》り、今朝《けさ》五時に設置《せっち》しただけだと言っていたよ。ずいぶん早いなぁと思ったけれど、きっと公園だから、みんなが来ないうちに設置するんだろうと思ったそうだ。もちろん、ブランコが多すぎる点も気になりはしたが、そう注文されたので、それ以上は詮索《せんさく》しなかったらしい。お金のほうも前金でもらっていたそうだしね」

「振《ふ》りこみですか？」

「いや、現金《げんきん》だったそうだよ。書留《かきとめ》で送られてきたそうだ」

「じゃ、ますます変ですね」

夢羽《むう》が言うと、峰岸《みねぎし》も大きくうなずいた。

「そうだね。代金をそんな形で送ってくるなんて、普通《ふつう》ありえないな。それに、市役所の公園課にも問い合わせてみたけど、やはりそんな注文はしていないし、だいたいブランコを何台も設置するなんてことは決まっていないそうだ」

「じゃ、誰《だれ》が何のために⁉」

瑠香《るか》が聞くと、峰岸《みねぎし》は首を振ってみせた。

「わからない……。クロヒョウ運送のほうも今調べてるんだが。目下のところ、警察《けいさつ》では愉快犯《ゆかいはん》の可能性《かのうせい》があるという見解《けんかい》だよ」

「愉快犯って？」

「人騒《ひとさわ》がせなことをして、陰《かげ》で喜んでいるような犯人のことだよ」

「なんか陰険《いんけん》!!」

「ああ、まったくだ。でもね、消防署《しょうぼうしょ》や警察にイタズラ電話をかけてきたり、ニュースで名前の出た被害者《ひがいしゃ》の自宅《じたく》に電話をかけるような愉快犯に比《くら》べれば、ずっとユーモアのある愉快犯だと思うよ。だいたいは、本人以外、全員が怒《おこ》り出《だ》すようなパターンが多いからね」

「最低!!　そういうのって、絶対許《ぜったいゆる》せない!!　愉快でもなんでもないじゃない!?」

正義感《せいぎかん》の強い瑠香《るか》は、目の前にそういう犯人がいるかのように怒《おこ》り出《だ》した。

「まぁね。でも、こればっかりはしかたないみたいだ。残念だけど。匿名《とくめい》で、ひどいことをして、日頃《ひごろ》の憂《う》さを晴らしてるんだろうけどね」

峰岸《みねぎし》は苦笑いを浮《う》かべていたが、少し悲しそうな目だなと元《げん》は思った。

「人間っていうのは、それだけ不完全な生き物なんだ……」

ボソッと夢羽《むう》がつぶやいたので、元《げん》はびっくりして彼女《かのじょ》を見た。

しかし、いつものクールな表情《ひょうじょう》のままだった。

それでも、なんとなく場の空気が重くなってしまった。

ふっと会話がとぎれ、静かになる。

……と、その時、喫茶店《きっさてん》のドアが開き、ドアベルがカラコロコロンと鳴った。

みんないっせいにそっちを見る。

さっきの内田《うちだ》という警官だった。

「やっぱりここだったのね。峰岸《みねぎし》さん、課長がお呼《よ》びですよ。もしかして、ケータイ、切ってません？」

首を傾《かし》げて、ニコッと笑う。

「え⁇ や、やばっ」

峰岸《みねぎし》は胸《むね》ポケットを探《さぐ》り、首を振《ふ》った。

「違《ちが》う。ケータイ自体、持ってくるのを忘《わす》れた‼」

「あぁーららー」

内田《うちだ》は両手を腰《こし》に置き、大げさにため息をついてみせた。

「じゃ……。ごめん、そういうことだから。また何かわかったら、連絡《れんらく》するよ」

峰岸《みねぎし》はあわてて立ち上がった。

「あ……、ひとつだけいいですか？　『カムパネルラ商会』の代表者には会ったんですか？」

夢羽《むう》に呼《よ》び止《と》められ、峰岸《みねぎし》は目をまぶしそうにしばたたかせた。

「ああ……長身の、上品な男性《だんせい》だったよ。五十くらいの。名前は……田中《たなか》っていったっけ」

それを聞いて、夢羽《むう》は満足そうにうなずいた。

やっぱり夢羽《むう》はその会社を知ってるのかな？

元《げん》はチラッと思ったが、この場面で聞くわけにもいかず、黙《だま》っていることにした。

峰岸《みねぎし》も同じことを感じたんだろう。

何か言いかけたが、思い直したように笑った。

「じゃ！　悪いけど、先に行くよ。そうだ。小学生だけで、こんなところにいるとまずいかもしれないな。内田《うちだ》くん、ちょっと彼《かれ》らにつきあってくれ。なんでも好きなもの注文していいから。あ、レシート、後で回して」

「はい！　了解《りようかい》しました」

内田《うちだ》はおどけたような口ぶりで言い、敬礼《けいれい》をしてみせた。

そして、峰岸《みねぎし》が店から出ていくと、うれしそうにメニューを広げた。

「さーてと。じゃ、わたしは何、食べよっかな。チョコレートパフェもいいけど、みつ豆もいいなぁ。ねぇ、君たちも追加オーダーしていいよ!?」

8

はたして、本当に警察《けいさつ》が言うところの『愉快犯《ゆかいはん》』のしわざなんだろうか？

こんなに手のこんだ、お金のかかることを……？

だとしたら、どこかであの公園を見張《みは》っていて、みんなが騒《さわ》ぐのをニヤニヤ笑って見ているんだろうか？
元《げん》は、その晩《ばん》、あーだこーだと考え、なかなか寝《ね》つけなかった。
寝つけない時はどうするか。
どうしても寝られないいんだったら、あきらめて他のことを考えたらいい。
もっともっと夢《む》中《ちゅう》になれるようなおもしろいことを。
といっても、ゲームなんかしたら母親にどんなに怒《おこ》られるかわかったもんじゃない。
テレビもビデオもダメだろう。本も、ギリギリでダメだろう。
まず枕元《まくらもと》の電気を点《つ》けた時点で、きっとばれる。両親はまだ起きてるだろうから。
というか、二《に》段《だん》ベッドの下で寝《ね》ている妹の亜《あ》紀《き》が文句《もんく》を言う。
うーん。
こうなると、もう頭のなかにある数少ない図書館の本を引《ひ》っ張《ぱ》り出すしかない。
でも、それなら電気も必要ない。目を開けている必要もない。
実に便利な図書館だ。

ま、ページ数も少ないし、絵や文章も適当《てきとう》だったりするのだが。

そこに置いてある本の背表紙《せびょうし》をツルツルと指先でふれながら、見ていく。

『絶滅《ぜつめつ》した恐竜《きょうりゅう》たちの足跡《あしあと》』

『宇宙誕生《うちゅうたんじょう》の秘密《ひみつ》』

『昆虫大百科《こんちゅうだいひゃっか》』

『シャーロック・ホームズの冒険《ぼうけん》』

『世界の謎《なぞ》　古代マヤ文明とナスカの地上絵』

このラインナップを見れば、元《げん》がどういうものに興味《きょうみ》を持っているのかがわかる。いや、わかりやすすぎる。

元《げん》は『昆虫大百科』を手に取ろうとして止め、『世界の謎　古代マヤ文明とナスカの地上絵』のほうを手に取った。

つい先日、父親の知り合いがペルーという国に行ってきたばかりだったからだ。

南アメリカにある、その国に日本から行くには二日《ふつか》がかりである。マチュピチュという遺跡《いせき》に辿《たど》りついたはいいが、高山病とひどい食中毒にかかってさんざんな目にあったという話だった。

それでも、元《げん》はうらやましくてしかたなかった。

特に、このナスカの地上絵を見ることができたなんて!!

これは、ペルー中部沿岸《えんがん》、一千平方キロメートルにもおよぶ広大なナスカ平原に、壮《そう》大《だい》な地上絵が描《えが》かれているというものだ。

セスナ機で空から見て、初めてわかるほど大きい絵で、ハチドリやクモ、サルなど、たくさんの絵なんだそうだ。

この本にもいっぱい写真は載《の》っているが、どれもキチンと定規《じょうぎ》で線を引っぱったように、正確《せいかく》。しかも、それが作られたのが今から千九百年から千五百年くらい前のことだというから驚《おどろ》く。

宇《う》宙《ちゅう》人《じん》が描いたものに違《ちが》いないと言う学者もいるそうで。元《げん》も、その説には大賛成《だいさんせい》だった。

眠《ねむ》くなるどころか、だんだん目が冴《さ》えてくる。

本当の本を本棚から取り出してながめたくなるのを必死で我《が》慢《まん》する。

ゴロゴロンとベッドの上《うえ》で何度も寝返《ねがえ》りをうっていると、亜紀《あき》が「おにいちゃん、うるさい！」とものすごく不満そうに文句《もんく》を言った。

あややや。

あわてて寝ているふり。

そんなこんなで、ようやく眠《ねむ》りに落ちていったのだが……。元《げん》は変な夢《ゆめ》を見てしまった。

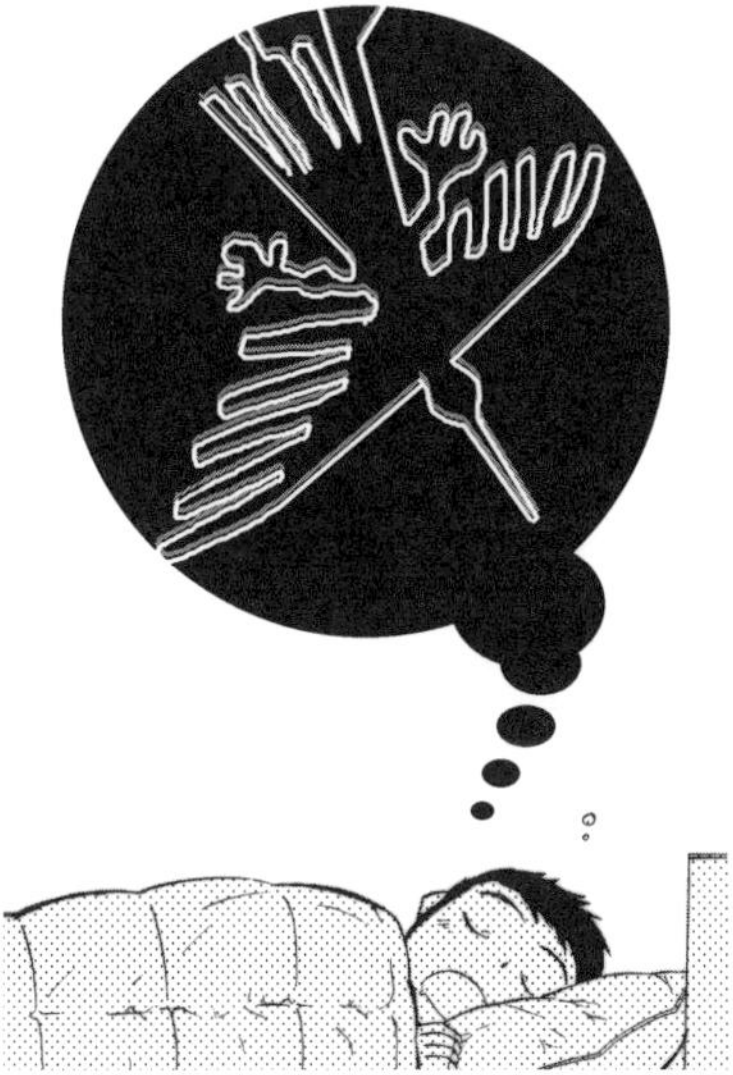

夢に出てくる人がみんな定規《じょうぎ》で引っぱったナスカの地上絵みたいな顔をしているのだ。
「ん……ぁ、ナ、ナスカぁぁ！」
寝ぼけたまま、大声で寝言を言ってしまった。
すると、すかさず下で寝ていた亜紀《あき》が「おにいちゃん、バカッ！」と、大きな声。

「ほ、ほぇ?」

思わず目を開ける。

と、突然《とつぜん》、とてつもないことを考えついてしまった。

も、もしかして……!? い、いや、絶対《ぜったい》そうだぁぁぁ！！！

元《げん》が考えついたというのは、例のブランコ。あれの謎《なぞ》について。

もしかすると、ブランコの配置に謎が隠《かく》されているのかもしれない。つまり、ナスカの地上絵のように、空高くから見てみると、ある文字や記号、絵のようなものが見えるのではないかということ。

そうだ。

絶対に、そうだ!!

9

午前六時。

元《げん》はパチッと目が覚めた。

いてもたってもいられなくなって、ベッドから抜《ぬ》け出《だ》すと、早速《さっそく》公園に行ってみることにした。ゆうべ思いついた説を確《たし》かめるために。

今にも雨が降《ふ》りそうな天気のせいで、夏だというのにまだ暗い。

薄《うす》ぼんやりと霞《かすみ》か霧《きり》みたいなのがたちこめている。

しかし、自転車で乗りつけた元《げん》は、あまりのことにガシャンと自転車を乗《の》り捨《す》て、公園のなかに走った。

あれだけあったピンクのブランコがないのだ!!

いや、四台はある。

でも、それは元々《もともと》あった古いブランコ。

つまり、今回の騒動《そうどう》の元になった増《ふ》えたブランコがすべて何者かによって撤去《てっきょ》されてしまっていたのだ。

元《げん》は、あちこちを歩き回った。

乱暴《らんぼう》にブランコを撤去《てっきょ》していった痕跡《こんせき》がある。

そうか。

ということは、この跡《あと》をたどっていけば、どこにどう置かれてあったかわかるかもしれない!

自分の説があきらめきれない元《げん》は、公園の地面をなめるように見て歩いた。

だめだ。

痕跡がありすぎて、どこがどうなのかさっぱりわからない。

やはり、犯人《はんにん》は、元《げん》のような頭のいい人物が真相を思いつくだろうと予見したから、あわてて撤去していったんだろうか。

……と、こういうことは口に出して言えやしないが、心のなかで思うことは自由だ。

「まいったなぁ……」

わざと深刻《しんこく》そうに頭をかく。

もう一度、人気のない公園を見回す。

元《げん》は、口をポカンと開け、目を丸くした。

白くぼんやりとした霞《かすみ》のなかに、人影《ひとかげ》が浮《う》かび上《あ》がったからだ。

その人物はゆっくりと近づいてきて、正体を現《あらわ》した。

ボサボサの長い髪《かみ》。真《ま》っ赤《か》なT《ティー》シャツにブカブカの七分パンツ。

その隣《となり》に寄《よ》りそうようにして足音もなく近づいてきたのは、すんなりした大きな体の猫《ねこ》。

夢《ゆめ》のようにきれいな顔の夢羽《むう》、そして彼女《かのじょ》の飼《か》ってる大型猫、ラムセスだっ

た!!

「夢羽《むう》!!」

思わず下の名前で呼《よ》んでしまい、元《げん》はあわあわと口を押《お》さえた。

実際《じっさい》に呼ぶ時は「茜崎《あかねざき》」と名字を呼んでいるが、心のなかでは瑠香《るか》と同じく、「夢羽《むう》」と呼んでいたからだ。

「い、いや……あ、茜崎《あかねざき》。どうしたんだ? こんなに早く。も、もしかして、茜崎《あかねざき》もブランコの謎《なぞ》が解《と》けたとか? そっか。だったら残念だよな、犯人《はんにん》、撤去《てっきょ》しちゃった後らしいし……ひ、ひやぁ」

あわてふためきながら言う元《げん》の足に長い尻尾《しっぽ》を巻《ま》きつけながら、ラムセスが歩き回る。アフリカ産の彼《かれ》は豹《ひょう》のような斑点模様《はんてんもよう》の毛皮をまとい、アーモンド型の目とピンと立った大きな耳を持っている。体長一メートル二十センチもあって、こんなところにいると本物の豹のようで、猫《ねこ》だと思っても、やはりこれだけ接近《せっきん》されると怖《こわ》かった。

夢羽《むう》は小さく首を傾《かし》げてみせた。

「撤去したのは犯人じゃなくて、市役所らしいよ」

「ええ?? そ、そうなの?」

驚《おどろ》いて聞くと、彼女《かのじょ》はうなずいた。

そして、入り口のほうを指さした。

入り口脇《わき》にある柵《さく》。そこに、針金《はりがね》で固定された段《だん》ボールの板があり、油性《ゆせい》ペンで黒々と書かれてあった。

「危《あぶ》ないので、ブランコはかたづけました。銀杏《いちょう》が丘《おか》市役所」

なぁーんだぁ。

そういや、あんなにブランコが増《ふ》えて危ないって、母親も騒《さわ》いでたっけ。たぶん、住民の苦情《くじょう》が殺到《さっとう》して、市役所が昨日《きのう》の夜にでも、急いで撤去《てっきょ》したんだろう。

なんだか拍子《ひょうし》抜《ぬ》けだ。

それに、こんなにも目立つところに書いてあったのに、ちっとも気づかないなんて。

元《げん》は顔を赤くして照れ笑いをしたが、夢羽《むう》にも自分の推理《すいり》を聞いてもらおうと、気を取り直した。

「あ、あのな。実はオレなりに考えてみたんだけど……」

と、言いかけた時、夢羽《むう》も同時に、

「この公園に、パンダの置物、あった？」

と、聞いた。

元《げん》は目をぱちくり。

「え？？　パンダの置物？？　さ、さぁ……あったかなぁ？？」

最近、ここではあまり遊ばないから、そう言われてもよく思い出せない。

砂場《すなば》の横には、ペンキのはげかかった黄色いキリンやピンクのウサギの置物が設置《せっち》されている。

でも、パンダはない。

そのあたりをラムセスが鼻を効《き》かせながら歩き回っている。

「うーん、わからないなぁ。でも、ないね、パンダ。どうかした？？」

夢羽《むう》はブランコが撤去《てっきょ》される時についた跡《あと》でいっぱいの地面を注意深く見ながら言った。

「昨日《きのう》の昼間、ここに来た時、小さい子が騒《さわ》いでたと思うけど。パンダに乗りたいって」

「ああ……そういえば」

たしかに、「パンダに乗りたい」と母親にせがんでいたっけ。でも、あの混雑《こんざつ》では危《あぶ》ないからと連れていかれた。

「うーん、でも、ないってことは……あの子の勘違《かんちが》いなんじゃないの？　他の公園と間《ま》違《ちが》えたとか」

「いや、違うね。あの子はたしかにここのパンダがお気に入りなんだ。あれくらいの子《こ》供《ども》が、そんな重要なことを勘違《かんちが》いするはずがない。それに、あの子の母親《ははおや》は否定《ひてい》しなかった。パンダは他の公園だって」

「あ……！」

そうか、そういえばそうだと、元《げん》は言葉をのんだ。

「でも、だとすると……パンダ、どうしてないんだろう？　まさかブランコといっしょに撤去《てっきょ》しちゃったとか……ははは、ありえないよなぁ」

夢《む》羽《う》は何かを探《さが》すように、地面を見ながら言った。

「狙《ねら》いはブランコではなく、パンダだったんだ。つまり、パンダがなくなったことをみんなが気づかないようにさせる陽動作戦」

「ようどうさくせん？」

「そう。敵《てき》の判断《はんだん》を狂《くる》わせたり注意をそらして戦略《せんりゃく》を有利に運ぶため、目的と違《ちが》った行動をわざと敵の目につくように行う作戦……」

ポカンとした顔で聞いていた元《げん》だったが、パッと顔を上げた。

「そっか!!　ブランコを増《ふ》やしたのは、そっちに目を向けさせるためだったんだね？」

夢羽《むう》はニヤッと笑って言った。

「正解《せいかい》」

10

「とすれば、やっぱりパンダはあったんだ……」

「そう。パンダをどこかに持ち出さなければならない理由があったんだろうな」

「なぜ⁇」

「さあ……」

と、その時、ラムセスが何かを発見したように、ある一カ所の地面のにおいをさかんにかぎ始めた。

そして、見つけたよっていう顔で主人を見て、一声。

「なぁ――ご！」

と、鳴いた。

「見つけたらしい」

夢羽《むう》と元《げん》がかけつける。そこは、長い首を持ち上げたキリンの斜《なな》め後《うし》ろ。

たしかに、そこだけ芝生《しばふ》がない。カモフラージュしてはいるが、そこには何かが今まであったような痕跡《こんせき》があった。

「ここにパンダがあったらしい。覚えてない？」

と、聞かれても……。

特に注意して見ていないものというのは、見慣《みな》れたものであればあるほど、記憶《きおく》がはっきりしないもんなんだなと、元《げん》は思った。

夢羽《むう》は、もうそれ以上聞こうとはせず、地面を注意深く観察していった。

ラムセスも同じで。あっちこっちに鼻をくっつけていたかと思えば、空のにおいでもかいでいるように、鼻面《はなづら》を上にして、目を細めたりしていた。

しかし、突然《とつぜん》、ピンと耳をたて、

「にゃぁー！」

と、ひと鳴き。ピョンと軽やかにジャンプして、公園裏《うら》の林のほうに走っていった。

元《げん》と夢羽《むう》は顔を見合わせる。

見つけたらしい！

そうだな！

ふたりは、目と目でそう言い合い、ラムセスの後をあわてて追いかけた。

ヒョロヒョロと情《なさ》けない木がたくさん生えた雑木《ぞうき》林《ばやし》があるのだが、その一角。公園からすぐの場所。

ブナの木の根元をラムセスが盛《さか》んに前足で引っかいていた。

たしかに、そこだけ赤土がむき出しになっていて、すっごく怪《あや》しい。いかにも何かを埋《う》めたような感じだ。
何か土を掘《ほ》る道具はないかと探《さが》していたら、夢羽《むう》が首を横に振《ふ》った。
「え？」
と、元《げん》が聞いた時、夢羽《むう》の言おうとしていたことがわかった。
ラムセスがすごい勢《いきお》いで掘り始めたからだ。
土砂《どしゃ》がバアアア――ッと後ろに、まるで土のシャワーのようにかかる。
嬉々《きき》として掘り続けるラムセスを夢羽《むう》が止めた。
土だらけになったラムセスが犬《いぬ》のようにハァハァと舌《した》を出して息をつく。
大きな穴《あな》に……元《げん》はとんでもないものを見た気がした……！

それは、白い骨……!?
と思《おも》ったが、骨にしては白と黒と、ところどころ塗《ぬ》り分《わ》けられた跡《あと》がある。
まさか……!?
石ころと草が混《ま》じった赤土の下に、大量のガレキが発見されたのだ。
そのガレキには、あきらかに白と黒のペンキで塗られた跡がある。
そう。
つまり、それは公園のパンダの置物。
そのなれの果ての姿《すがた》だというのが、一目でわかった。
ポツンと元《げん》がつぶやく。
「バラバラ殺人事件《じけん》……?」
夢羽《むう》は目を細め、そして形のいい眉《まゆ》をスッと寄《よ》せた。
「パンダ、だけどな」

MIDNIGHT D
UNIVERC

11

たしかにそうだ。
バラバラになっているのは、パンダであって、人間じゃない。
しかも、置物であって、生物でもない。
それでも、元《げん》の心臓《しんぞう》はバクバクとものすごい勢《いきお》いで打ち始めていた。
でも、それもしかたないと思う。
こんなこと、初めての経験《けいけん》だし。
元《げん》は、ドキドキしながら穴《あな》のなかを見つめていた。
う、うわぁあ。
もしかして、あそこにゴロッと見えてるのはパンダの目のあたり??
かわいい目だから、よけいに怖《こわ》い。
しかも、片方《かたほう》だけ。空を悲しげに見上げているみたいだ。
今日《きょう》はそんなに暑くもないのに、額《ひたい》からタラ～っと汗《あせ》がしたたり落ちる。

「で、でも……なぜ？　なぜこんなことを？　誰《だれ》が？」
と、聞いてみても、夢羽《むう》も首をひねるだけ。
彼女《かのじょ》は無言のまま公園のほうにもどっていった。もちろん、元《げん》も後についていく。
ラムセスはというと、しばらくはパンダの埋《う》められた地面を掘《ほ》り返《かえ》してできた穴《あな》に興《きょう》
味津々《みしんしん》のようだったが、主人や元《げん》が立ち去ったのを見て、ピョンピョンと大きな歩幅《ほはば》で
ジャンプし、あっという間に先回りしてしまった。
夢羽《むう》は公園にもどると、キリンやウサギを見て回った。
コンクリートで作った置物にペンキが塗《ぬ》ってあるのだが、そのほとんどがはげかけて
いる。ところどころコケみたいなものまで生えて、決してきれいとは言えない。
その置物を細い指でなでたり、いろんな角度からのぞきこんでみたり。
「どうしたの？　何か……見つかった？」
元《げん》も同じように見ながら聞いてみた。
ラムセスも隣《となり》で首をひねっている。
夢羽《むう》は、キリンの置物の首の部分を指さして言った。

「ここ、穴《あな》をふさいだ跡《あと》みたいなのがあるんだが……覚えてる？」

「ええ？」

早速《さっそく》、見てみる。

たしかに、穴にはセメントが詰《つ》められている。その部分だけが新しくて、だからよく目立った。

「たぶん、二、三週間前だろうな。この状態《じょうたい》から察すると」

夢《む》羽《う》は爪《つめ》の先で、その部分をカリカリとひっかきながら言った。

「うーん……」

今度は元《げん》が首をひねる番だ。

低学年の頃《ころ》はよく来ていたが、その頃の記《き》憶《おく》なんてスカスカしててよくわからない。

二年の時、木登りをしていた瑠《る》香《か》が落っこちて、パンツが丸見えになってしまう事件《じけん》があったのだが、その時のパンツのリンゴ模《も》様《よう》とか。そういうどうでもいいことで、いやによく覚えてることもあるのに。

「じゃあ、パンダの置物にも穴はあったか？　なんて、当然知らないか」

「う、うん……」

パンダがあったことすら記憶《きおく》の隅《すみ》に追いやられてるっていうのに、そんな小さな穴《あな》があったかどうかなんて覚えているはずがない。

「そうか。じゃ、学校で聞いてみよう。誰《だれ》かが覚えているかもしれない」

夢羽《むう》はそう言うと、さっさと帰り始めた。

わわ、そうだそうだ。今日《きょう》もバッチリ学校がある日だった。

元《げん》もあわてて自転車のほうに走る。

夢羽《むう》はひらりと自転車に飛び乗った。

「じゃ、お先に」

と、こぎだそうとして、キィッと停めた。

後ろから追いかけてきたラムセスもぴたりと止まった。

そして、主人がどうして停まったんだろう？　と、首を傾《かし》げてみせた。

「え……？」

元《げん》が不思議そうに言うと、夢羽《むう》は小首を傾げながら聞いた。

「ところで、さっき元《げん》が言おうとしたのは何？」

「ええ⁇　何を言おうとしたんだっけか？」

「何か思いつかなきゃ、こんなに朝早く公園に来たりしないだろ？」

「あぁ……！」

いきなり記憶《きおく》の隅《すみ》に追いやられていた地上絵が、頭のなかのナスカ平原に広がった。それを必死にケシゴムで消す。

「い、いやぁ、なんでもないよ。別に。ちょ、ちょっとブランコのことが気になっただけだからさ。はは」

しどろもどろに弁解《べんかい》する。

夢羽《むう》は少しだけ疑《うたが》わしそうに元《げん》を見ていたが、自転車に乗り、風のように走り去ってしまった。

ラムセスもテレポテーション（空間移動《いどう》）でもしているみたいに、見事なスピードでついていった。

その後《うし》ろ姿《すがた》を見送り、元《げん》は手の甲《こう》で額《ひたい》の汗《あせ》をぬぐった。

……それにしても。

彼女《かのじょ》のそばにいるだけで、どうしてこんなにわくわくすることが次々に起こるんだろう？

……と。

この時、元《げん》はただなんとなくそう思っただけだった。

まさか、それがあながち偶然《ぐうぜん》ばかりじゃないというのに、まだ気づいていない。

そう。まだこの時点では。

12

「んぁ⁇」

河田《かわだ》、山田《やまだ》、島田《しまだ》のバカ田トリオたちが、今日《きょう》も今日とて、両手を翼《つばさ》のようにして教室を走り回り、元気にバカをやっている時。

元《げん》が声をかけた。

その後ろには夢羽《むう》がいる。

「島田《しまだ》、ちょっと茜崎《あかねざき》が聞きたいこと、あるんだって」

ふだん、あまり……というかぜんぜん交遊のない夢羽《むう》が自分に聞きたいことがあるというので、島田《しまだ》は目を丸くして、ついでに口をぽかんと開け、だらんと両手をたらした。

かなり情《なさ》けないポーズである。

ふと、自分がそんなポーズを取ってしまっているのに気づき、島田《しまだ》は照《て》れ隠《かく》しにわめいた。

「ふん、元《げん》、おまえ、いつからそいつのマネージャーになったんだ？　っていうか、おまえ、そいつとあんま仲良くしてたら、江口《えぐち》のカアチャンに怒《おこ》られっぞ」

あのなぁ。

カッと顔が熱くなる。

しかし、そこで怒《おこ》っては相手の思うツボなので、グッと我慢《がまん》することにした。

元《げん》がそれ以上何も言わないので、島田《しまだ》は口をへの字にしたまま、ようやく夢羽《むう》のほうを向いた。

「な、なんだ？　何か用か？」

上目づかいにチラッとだけ見る。

そんなに警戒《けいかい》しなくたっていいだろうにと、元《げん》はおかしくなった。

でも、まぁなぁ。

美少女な上に、頭も切れて、謎《なぞ》めいている転校生の夢羽《むう》に、いきなり聞きたいことがあると言われては、誰《だれ》でもあわててしまうだろう。

夢羽《むう》はいつもの調子で、クールに切り出した。

「例のブランコがいっぱいになった公園のことだけど」

この一言で、島田《しまだ》は早合点してしまった。

なんだ、なんだという顔。

「ちぇ、またその話かよ。ったく。茜崎《あかねざき》、おめーまでそんなミーハーだとは思わなかったぜ。ちぇ、ちぇ！　あ、それにな。あそこの公園、もうブランコはないぜ？　市役所のほうで取《と》り払《はら》ったらしい。ゆうべ、母《かあ》ちゃんたちが見たってさ。オレが朝確認《かくにん》した時には、すっかり元にもどってた。残念だったな」

「すっかり元に……もどってるわけじゃないんだけどな」

元《げん》にしか聞き取れない声で、夢羽《むう》が言う。

パンダのことを言っているのは明白だ。

そうとは知らない島田《しまだ》は、それを聞きとがめた。

「なんだよ。何か言いたいことあんなら、はっきり言えよ！」

夢羽《むう》はまったく動じない。

まるで夢羽《むう》だけ大人《おとな》のように見える。体は小さいほうだというのに。

彼女《かのじょ》は、落ち着いた声で続けた。

「質問《しつもん》は……ブランコのことじゃないんだ」

「はぁ？」

「あそこ、砂場《すなば》の隣《となり》にキリンとかパンダとか、動物の置物があるだろ？」

「ああ、うんうん……」

いったいそれがどうしたんだ？　と、島田《しまだ》は素直《すなお》にしゃべり始めた。

こうなると、すっかり夢羽《むう》のペースだ。

「あれ、小さい穴《あな》が空いてたはずなんだけど」

「おお、よく知ってるな？　オレたちが小さい頃《ころ》は、よくあそこに秘密《ひみつ》の暗号とか、秘密の道具とかを隠《かく》したもんだぜ」

「そう……それで。その穴が最近ふさがれてるんだけど、知ってた？」

「いや？　そうなんだ⁇　知らないよ、んなこと。それが、どうかしたのか？」

島田《しまだ》が聞くと、夢羽《むう》は首を振《ふ》った。

「いや、それだけわかればいい。ありがとう」

ニコッと天使のように微笑《ほほえ》む。

島田《しまだ》はたちまち真《ま》っ赤《か》になって、ニマニマッと顔をゆるませた。

ちぇ、単純《たんじゅん》なヤツ。

元《げん》は、少しおもしろくない気分だった。

いくら特別な意味がないというのはわかっていても、美少女夢羽《びしょうじょむう》の微笑みが、こんなバカな島田《しまだ》に一瞬《いっしゅん》でも向けられるだなんて。

ったく。

まだニマニマしている。

島田《しまだ》をひとにらみすると、島田《しまだ》のほうもそれに気づき、「なんだ？　文句《もんく》あんのか？」

と突《つ》っかかってきた。

そこに、瑠香《るか》が飛んできた。

「何？　どうかしたの⁇」

彼女《かのじょ》は何か用事があったようで、たった今、教室にもどってきたのだ。じゃなきゃ、とっくの昔に首を突《つ》っこんでいる。

「へへ、江口《えぐち》のカアチャンのお出ましだ!!　へへ、おっかねえおっかねえ」

島田《しまだ》がまたいらないことを言うもんだから、元《げん》は完全に頭にきた。

ゲシッと、彼《かれ》の背中《せなか》にエルボーを決める。

「い、いてええ！」

「やるか？」

「やれやれぇ!!」

「いいぞいいぞお」

河田《かわだ》や山田《やまだ》もはやしたてる。

「ランニングエルボースマーッシュ！」

「ジャンピングニードロップ!!」

元《げん》と島田《しまだ》はプロレスごっこを本格的《ほんかくてき》に始めてしまい、勢《いきお》いこんで飛んできた瑠香《るか》も、すっかりあきれ顔。元《げん》のことは放っておき、夢羽《むう》から事情《じじょう》を聞くことにした。

「へぇー、そうだったんだぁ!!　すごいね。でも、どうしてヤツらはプロレスしてるわけ？」

瑠香《るか》が聞くと、夢羽《むう》は肩《かた》をすくめた。そして、

「プロレスごっこがやりたい年頃《としごろ》なのでは？」

と、元《げん》が聞いたら、絶望《ぜつぼう》のあまりベッドに突《つ》っ伏《ぷ》してしまいそうなことを、さらっと言ってのけたのである。

13

公園のキリンたちの穴《あな》を誰《だれ》が、なぜ、いつふさいだのか。

このことを調べるためと、パンダがバラバラで埋《う》められているというのを知らせるために、元《げん》たちは再《ふたた》び峰岸《みねぎし》を訪《たず》ねた。

このことを提案《ていあん》したのは、もちろん瑠香《るか》だ。

どんな理由をこじつけても、峰岸《みねぎし》に会いたいのが見え見えだったが、ま、今回はちゃんとした理由もあるし、いいかなと元《げん》も思った。

いくらボロボロとはいえ、公共のものを勝手に壊《こわ》して埋《う》めていいはずはない。

「本当か？　それは……」

峰岸《みねぎし》は、ものすごく驚《おどろ》いた顔をした。

この前、ジュースをごちそうしてもらった喫茶店《きっさてん》『ナイヤガラ』に、元《げん》たち三人と峰《みね》岸《ぎし》、そしてなぜか、この前の女性《じょせい》警官、内田《うちだ》薫《かおる》も同席していた。

彼女《かのじょ》はバナナジュースを飲むのを中断《ちゅうだん》して、

「バラバラ殺人事件《さつじんじけん》？」

と、大声で言って、周りにいた人たちをギョッとさせた。

そりゃそうだ。警官の制服《せいふく》を着た彼女《かのじょ》が大声でそんなことを言ったんだから。

小さくなってごまかし笑いをする内田《うちだ》を、峰岸《みねぎし》はため息をつきながら見た。

「人じゃなく、パンダ、だけどな……」

その言い方が、夢羽《むう》とそっくりなので、元《げん》はプッと吹《ふ》き出《だ》してしまった。

「でも、なぜそんなことしたの？　バラバラにするってことは、だいたい身元を隠《かく》すためと相場が決まってるでしょ？」

と、内田《うちだ》。

「ばーか。だから、相手はパンダなんだって。身元も何もないだろ？」

峰岸《みねぎし》は内田《うちだ》の頭をポカッとこづいた。

そのようすが、なんとも仲良く見えて、瑠香《るか》は機嫌《きげん》が悪い。

「あの——、ふざけるんだったら、帰ってもらえませんか？」

と、ストレートな言い方で内田《うちだ》をにらみつけた。

内田《うちだ》のほうも負けてない。

「別にふざけてるわけじゃないんだけど。なんか、かわいくないなあ。そういう言い方、大人《おとな》に向かってするの、よくないと思うわよ？」

つやつやしたリップを突《つ》き出《だ》して怒《おこ》る。

間に入った峰岸《みねぎし》は、どよぉーんとした顔。

「内田《うちだ》、小学生と同レベルでケンカしてどうすんだ？　話のじゃまするなら、署《しょ》にもどりなさい」

峰岸《みねぎし》に叱《しか》られ、しょげてしまった内田《うちだ》に向かって、瑠香《るか》がはやしたてる。

「やーい、やーい、怒《おこ》られた！」

「あのさ、江口《えぐち》。おまえもうるさいぞ！」

と、思わず言ってしまい、元《げん》はハッと口を押《お》さえた。

どんな反撃《はんげき》がくるかと覚悟《かくご》したが、意外にも彼女《かのじょ》は素直《すなお》に「ごめんなさい」と言って静かになった。

珍《めずら》しいこともあるもんだ。

とまぁ、いろいろとあったが、穴《あな》がどうしてふさがれたのかは、峰岸《みねぎし》が後で早速《さっそく》調べて元《げん》たちに知らせてくれることになった。

埋《う》められたパンダのことも調べようとは言ってくれたが、そっちは期待薄《うす》だろうと峰《みね》岸《ぎし》は言った。もっと重大な事件《じけん》がいっぱい起こっているから、事件性《じけんせい》がなければ突《つ》っこんだ調査《ちょうさ》もしないということだ。

「ところで、ひとつ質問《しつもん》していいですか？」

瑠香《るか》が峰岸《みねぎし》に聞いた。

「ん？　いいよ。なんだい？」

峰岸《みねぎし》がにこやかに聞き返す。

「撤去《てっきょ》したブランコですけど……あれ、どうなるんですか⁇」

「ああ、それ、ぼくも気になってたんだ。処分《しょぶん》とかされちゃうんですか？」

と、元《げん》。

峰岸《みねぎし》は「ああ、そのことか」とうなずいた。

「あれは、一応《いちおうい》遺失物《しつぶつ》として届《とど》けられたよ」

「えぇー？　遺失物って……落とし物のことですか？」

「うそー！　遺失物って、もしかして落とし物のことですか？」

瑠香《るか》と元《げん》が同時に聞くと、峰岸《みねぎし》は笑って続けた。

「ははは。仲がいいな。そうだよ、一応落とし物ってことで、六カ月間保管《ほかん》されることになった。落とし主が現《あらわ》れなければ、役所のほうで処遇《しょぐう》を決めるだろうね。ま、たぶん、ブランコはブランコとして使われるしかないと思うけど」

「つまり、どこかの公園に置くってことですよね？」

瑠香《るか》が聞くと、峰岸《みねぎし》はうなずいた。

それを見て、元《げん》も瑠香《るか》もホーッと大きなため息をついた。

「どしたの？　そんなに心配だったの？」

内田《うちだ》が大きな目で見つめる。

ふたりとも顔を見合わせ、照れ笑いを浮《う》かべた。

そりゃそうだ！

あんな大量のブランコ、どこかに放置されたままだなんてもったいなさすぎる。ブランコだってかわいそうだ。

今だって、時にはブランコの順番待ちをしたりする元《げん》たちにとって、ブランコの行き先は侮《あなど》れない問題だったのである。


そして、その夜。

峰岸《みねぎし》から元《げん》に電話があった。

例のキリンやパンダの置物にあった穴《あな》についてだ。

その穴に指を入れて怪我《けが》をした児童がいるということで、安全のため、穴をふさいだんだそうだ。それが二週間ほど前のこと。

翌日《よくじつ》、早速《さっそく》夢羽《むう》にその報告《ほうこく》をすると、彼女《かのじょ》は「そうか……」と、考えこんでしまった。

「どういうことかなあ。穴《あな》をふさいだのが犯人《はんにん》じゃなく、役所だったたっていうのは意外だよなぁ」

元《げん》が言うと、その背中《せなか》をバシンと思い切り叩《たた》かれた。

ゲホゲホとむせてしまい、元《げん》は痛《いた》そうに眉《まゆ》をしかめ、振《ふ》り返《かえ》る。

瑠香《るか》だった。

彼女をめいっぱい恨《うら》めしげに見たが、まったく悪びれたようすはない。

「ったくぅ。元《げん》くん、もっと頭使いなさいよ!!」

いつから聞いていたのか、すごく偉《えら》そうな態度《たいど》だ。

「やっぱ、犯人《はんにん》、その穴に何か隠《かく》してたってこと?」

元《げん》が聞くと、瑠香《るか》はさらに偉そうな口調で言った。

「あったり前でしょ?　だから、犯人は穴に隠しておいたものまでセメントでふさがれちゃったもんで、パンダをバラバラにする必要があったのよ」

そんなに偉そうに言わなくたって。

オレだって同じことを考えたさ。

内心ブチブチ言いながらも、しかたなく賛成《さんせい》した。

「そうだろうな。ま、バラバラにする必要はなかったかもしれないけど。その穴《あな》の部分は破壊《はかい》しなきゃいけなかったんだろうし」

「ううん、バラバラにする必要はあったのよ。だって、パンダのまんま埋《う》めるの大変だよ？」

「ああ、そっか」

「そうよ。焦《あせ》ったでしょうねぇ。で、その事実を隠《かく》すためにブランコをいっぱい設置《せっち》して、みんなの気をそらしたんじゃないかな」

たしかに、それが真相なんだろう。

しかし、しかし、しかし……なのだ。

ふたりの頭には同じ疑問《ぎもん》がわいていた。

代表して、元《げん》がつぶやく。

「でも、……いったい何を隠《かく》してたんだろう。そんなことまでして」

「そうね……」

ふたりはそこで行《い》き詰《づ》まってしまい、夢羽《むう》を見た。

彼女《かのじょ》なら、思ってもみないやり方で解明《かいめい》してくれて、スキッとさせてくれるだろう。

……と、期待しているというのに。彼女はすでに興味《きょうみ》を失ったように外をぼんやり見ているだけだった。

「んもう、夢羽《むう》ってばあ！」

瑠香《るか》がいくら呼《よ》んでも、気のない顔を向けるだけである。

こういう状態《じょうたい》になってしまった彼女を無理矢理どうにかしようとしてもしかたのない話だってことくらい、そろそろ元《げん》たちもわかっている。

結局、わかったのはそれくらい。

なんだかすっきりしない解決だったが、これ以上、調べようもない。

「ま、しかたないね。後は峰岸《みねぎし》さんに期待でしょ。何かわかったら連絡《れんらく》してくれるって言ってくれたんだよね？」

「あ、ああ。そうだな……」

と、元《げん》もあいづちを打ちながら、実は内心、どうしても引っかかる部分があった。

それは、この事件《じけん》に対する夢羽《むう》の態度《たいど》だ。

ブランコが増《ふ》えたと聞いて、すぐ他の子たちと同じようにかけつけたこと。

そして、ブランコを設置《せっち》したのが「カムパネルラ商会」だと聞いた時の反応《はんのう》。

だめ押《お》しが、峰岸刑事《みねぎしけいじ》と会った時、その「カムパネルラ商会」の場所はどこだとか、代表に会ったかとか、どんな人だったかとか、いやにしつこく聞いていたことだ。

そのすべてが夢羽《むう》らしくない。

元《げん》は、夢羽《むう》の整った横顔を盗《ぬす》み見《み》て、首を傾《かし》げた。

まだ、何かあるんじゃないか……。

元《げん》たちに隠《かく》している何かが……。

14

その日の放課後のことだ。

いったん家に帰った元《げん》は、どうしても気になって夢羽《むう》の家に行ってみることにした。

それとなく話を聞ければいいかなと思ったのだが、到着《とうちゃく》した時、ちょうど夢羽《むう》が家から出ようとしていた。

お化け屋敷《やしき》とも言われる洋館。その玄関《げんかん》に立ち、鍵《かぎ》をガチャガチャとかけている。

そのようすを見て、元《げん》は声をかけようかどうしようか、ついためらってしまった。

そして、彼女《かのじょ》がこっちを向いた時、思わず植えこみに隠《かく》れた！

どうしてなのか、それは自分でもわからない。なぜか、この時は声をかけづらい雰囲《ふんい》気《き》だったとしか言えない。

息をひそめて見ていると、いきなり後ろからグンと何者かに押《お》され、叫《さけ》びそうになった。

口を手で押さえ、必死に悲鳴を止める。

「にゃ？」
後ろを見ると、こっちを見上げているラムセスだった。
大きな目で元《げん》を見つめ、首を傾《かし》げる。
ったく。相変わらず人を脅《おど》かすのが趣味《しゅみ》らしい。
「シーッ！」
人差し指を立てて唇《くちびる》にあて、元《げん》はすごい形相で、
ラムセスに静かにしてくれと頼《たの》んだ。
幸い、ラムセスもわかってくれたようで、元《げん》の
隣《となり》から同じように夢羽《むう》の動向を見つめ始めた。
猫《ねこ》といっしょに、猫の主人の動向を見張《みは》ってる
……なんて、ヘンテコな図ではあったが。
夢羽《むう》は自転車に飛び乗ると、風のように飛び出
していった。
元《げん》もあわてて追いかける。

ラムセスはそんなふたりを見送っていたが、木の上に鳥がいるのを見て、すぐ興味《きょうみ》を移《うつ》した。

夢羽《むう》は頭もいいが、運動神経《うんどうしんけい》も抜群《ばつぐん》らしい。

マウンテンバイク型の自転車を自由自在《じゆうじざい》に乗りこなし、少々の階段《かいだん》もトントンと下りていってしまう。

元《げん》も自転車が好きだから、なんとかついていけたが、普通《ふつう》の女の子じゃ無理だ。

そうか、瑠香《るか》がいっしょの時は、夢羽《むう》も加減《かげん》してくれてたんだな。

元《げん》は夢羽《むう》の後を追いかけながら、そんなことを思った。

幸い、今日《きょう》の夢羽《むう》は黄色の目立つT《ティー》シャツを着《き》ていたから、見失うこともなくついていけた。

もちろん、なんでオレは同級生をつけたりしてるんだあ？　と、自問自答しながらだ。

でも、とにかく。どうしても胸騒《むなさわ》ぎがしてしかたなかった。

何か夢羽《むう》が隠《かく》してるんじゃないか？　と思っていたからかもしれない。

川沿《かわぞ》いの道を一気に下り、国道に出ると左に折れる。

このままだと警察《けいさつ》だけど……。そっか、夢羽《むう》は峰岸《みねぎし》に何か用があるのかも。

だが、それは違《ちが》っていた。彼女《かのじょ》は警察署《けいさつしょ》の前も通り過ぎてしまったからだ。

夢羽《むう》は、自転車を走らせながらキョロキョロし始めた。時々、自転車を停め、周囲を確認《かくにん》したりもする。

元《げん》はそのたびに生きた心地《ここち》がしなかったが、なんとか見つからずにすんだ。

そうか。夢羽《むう》も行き先をはっきり知らないってことなのか？

……と、思ったらいきなり彼女《かのじょ》の姿《すがた》が消えた。

え？　えぇぇ⁇

あわてて、その辺の道に入ってみる。

しかし、なんということだ。影《かげ》も形もないじゃないか⁉

うそ。たった今まで見《み》えていたのに。

この辺は来たこともないから、よくわからない。ここかな？　と思ったら、すぐ行き止まりだったりして。

おいおい。

ここまで追いかけてきて見失うとは。

それにしても、夢羽《むう》はいったいどこへ向かっていたんだろう？

事件《じけん》とは関係なく、この辺に友達《ともだち》でもいるのかなぁ。

……と、元《げん》は突然《とつぜん》思い出した。

たしかこの近くじゃなかったっけ？　例のブランコを設置《せっち》した『カムパネルラ商会』というのは。なんとかっていう喫茶店《きっさてん》があるビルで……。

そうだそうだ
緑色のビルだって。

間違《まちが》いない。夢羽《むう》は、ひとりで『カムパネルラ商会』に乗りこもうとしているんだ。

元《げん》はまたまた胸《むね》の鼓動《こどう》が激《はげ》しくなった。

このままでは、夢羽《むう》が危《あぶ》ないと思ったからだ。

いくらスーパー少女だといったって、小学生の女の子であることには違《ちが》いない。なのに、そんな怪《あや》しげな会社に、たったひとりで乗りこむだなんて。

元《げん》も内心ビビってる部分はあったが、夢羽《むう》をこのままひとりで行かせるわけにはいかないと強く思った。

気を引《ひ》き締《し》め直し、あちこちを探《さぐ》ってみる。

このあたりは道が複雑《ふくざつ》に入り組んでいるようで、何度か行き止まりの道に突《つ》き当《あ》たったりしたが、ようやくそれらしいビルを見つけることができた。

なんと、そこは夢羽《むう》を見失った場所のすぐ近くだった。

緑色のビルで、一階が喫茶店《きっさてん》になっている。

『喫茶ジョパンニ』という店で、聞いたことがあるようなないような。

でも、ここだ！　絶対《ぜったい》、ここだ。

「あっ!!」

思わず声を出してしまい、元《げん》は片手《かたて》で口を押《お》さえた。

ビルの脇《わき》に、見覚えのある自転車が置かれているのを発見したからだ。

そっか。この自転車を見落としてたからわからなかっただけなんだ。ばかばか、オレのばかやろう。

でも、肝心《かんじん》の『カムパネルラ商会』の看板《かんばん》が出ていない。たしか二階だった気がするが……。

目立たない場所に自転車を置き、周囲を警戒《けいかい》しながらビルに近づいていく。営業《えいぎょう》している雰囲気《ふんいき》のない喫茶店《きつさてん》の脇《わき》に、ビルの通用口があった。幸い誰《だれ》もいないし、オートロックでもない。汚《きたな》い雑居《ざつきょ》ビルみたいで、郵便《ゆうびん》受けが並《なら》んでいたが、やはり『カムパネルラ商会』の文字はどこにもなかった。

15

エレベーターの脇にある階段《かいだん》を上ってみることにする。

すーはーすーはー、深呼吸《しんこきゅう》して。

でも、二階はドアがズラッと並んでいて、どこに夢羽《むう》がいるのかわからない。

ホコリが積もった廊下《ろうか》を、足音をさせないように歩いて回る。

誰かに見とがめられたらどうしよう？

そ、そうだ、このビルのどこかに友達《ともだち》の家があって、それを探《さが》してるうちに迷《まよ》ってしまったんだと、そういうことにしよう。

頭のなかでめまぐるしくいろんなことを考える。

……と、急に声が耳に入ってきた。

「久《ひさ》しぶりですね。まぁ、ケーキでもおあがりなさい」

男の人の声。優《やさ》しそうで深みのある……決して嫌《いや》な声じゃない。

ハッとして、声の方向を見る。

廊下《ろうか》の一番端っこ。そこのドアの横に小さな窓《まど》があって、少しだけ開いていた。

声は、ここから聞こえてきているのだ。

息を止め、足音をしのばせて近づく。

窓からなかを見るのはいいけど、なかの人とバッチリ目が合ったりしたらどうしよう?

一瞬《いっしゅん》、怖《こわ》くなったが、勇気を出してのぞいてみることにした。

のぞいてみて、驚《おどろ》いた。

夢羽《むう》がいる!!

いや、そう思ってやってきたのだから、いて当然。自然な成り行きなのだが、こうして思った通り目の前に現《あらわ》れると、人間というのはすっごく驚《おどろ》くもんなんだ。

ボサボサの長い髪《かみ》が見える。

そして、その奥《おく》にはきれいに整えられた銀髪《ぎんぱつ》の紳士《しんし》と、その部下らしい若《わか》い男たち。

「ふふふ、それにしてもよくわかりましたね」

と、紳士。

銀色の髭《ひげ》もきちっとそろえてあって、すごく高価《こうか》そうな背広《せびろ》を着ている。

ちょっと外国人のような顔つきで、上背《うわぜい》もある。

パイプを片手《かたて》に持っていたりして、このビルにはぜんぜん似合《にあ》わない感じだ。

夢羽《むう》は答えた。

「だって、あんた……たしか宮沢賢治《みやざわけんじ》が好きだっただろ？　『カムパネルラ商会』に『喫茶《きっさ》ジョパンニ』。『銀河《ぎんが》鉄道の夜』の登場人物たちの名前だ」

「さすがはミス・ホームズ。すばらしい！」

紳士がうれしそうに言うと、夢羽《むう》はため息をついた。

MIDNIGHT D,D
UNIVERCITY

「あいかわらず意味不明なこと、してるな」

「いやぁ、わたしも、こんなに大がかりなことをしようとは思ってもみなかったんですよ。ただ、あのパンダの穴《あな》にあなたの宝物《たからもの》を隠《かく》し、いずれ、後で暗号でも送ろうと思ったんです。それが、まさかあの穴、セメントでがっちりふさがれてしまうとは！　あれは予想外でした」

夢羽《むう》は興味《きょうみ》がなさそうに聞いた後、右手を差し出した。

「で、早く返してほしいんだけど。わたしだってそんなに暇《ひま》じゃないんだ。宿題だってあるし」

「おやおや、ミス・ホームズが宿題ですか」

あの紳士《しんし》はいったいどういう人なんだろう？

夢羽《むう》のこと、前から知ってるみたいだけど。話からすると、彼《かれ》が犯人《はんにん》？

このカムパネルラ商会の社長か何かだよなぁ。

ってことは、誰《だれ》かからブランコが送られてきたっていうのはウソで、本当は自分たちで設置《せっち》しただけなのか。

でも、なんで夢羽《むう》が？

ミス・ホームズってどういうことだよ……。

息を殺して見ていた元《げん》だったが、いきなり後ろから首根っこをつかまれてしまった。

「おい、おまえ。何やってんだ!?」

ドスのきいた声。身長は軽く百九十センチくらいの大男だった。

軽く失神しそうになったのもしかたないと思う。

ヘナヘナと足から力が抜《ぬ》け、「いえ、ちょっと友達《ともだち》の家を探《さが》してて……」とか、さっき考えた言《い》い訳《わけ》を言《い》ってるはずなのに、実際《じっさい》は「ひえ、ひょっとこんたちんえをしゃがへへ……」になってるのにも気づかない。

「誰《だれ》だ？」

部屋《へや》の奥《おく》から声がした。

ドアがガチャッと開き、部下のひとりが聞いた。

「どうしたんだ？」

「へえ。なんか、窓《まど》からこいつがなかをのぞいてたんで」

大男が元《げん》をつかまえたまま言った。

「わ、わわわ……」

気が遠くなった上に、手も足もガタガタ震《ふる》えて、まともに立っていられない。

なかにいた夢羽《むう》が振《ふ》り返《かえ》って、眉《まゆ》を上げ、目をまん丸にしているのが見えた。

「あ、茜崎《あかねざき》ぃ！」

たぶん、世にも情《なさ》けない声だったと思う。

カエルが絞《し》め殺《ころ》される寸前《すんぜん》に出したような声だ。

すると、奥《おく》にいた例の紳士《しんし》がさもうれしそうに言った。

「おやおや、いいですねぇ。ワトソンくんの登場ですか!?」

部屋《へや》は殺風景で、紳士が座《すわ》っている椅子《いす》以外は段《だん》ボール箱がいくつかあるだけ。そこに、若《わか》い男たちが、元《げん》をつまみあげた男も含《ふく》めて五人いた。みんな黒いズボンに白いシャツを着ていた。

夢羽《むう》は紳士をにらみつけた。

「ふざけるのはそれくらいにしてほしいな」

紳士《しんし》はひょいと肩をすくめてみせると、何かキラキラ光る小さなものを夢羽《むう》に投げてよこした。

夢羽《むう》はそれをパシッと片手《かたて》でつかみ、ぐいとポケットに押《お》しこんだ。

「あのさ。いい大人《おとな》なんだから、人に迷惑《めいわく》かけるの、いい加減《かげん》やめなよ」

とだけ言って、元《げん》のいるほうに歩き始めた。

その背中《せなか》に、紳士が声をかける。

「ははは、あいかわらず手厳《てきび》しいですね。とはいえ、壊《こわ》したのはボロボロのパンダだけですよ?」

夢羽《むう》は帰りかけた足をピタリと止めた。

そして、振《ふ》り返《かえ》りもせずに、抑《おさ》えてはいるがよく通る声で言った。

「自分だけの価値観《かちかん》ですべてを判断《はんだん》しないでほしいね。あんなボロボロのパンダでも、毎日乗って遊ぶのを楽しみにしていた子供《こども》だっているんだ」

そして、ドアのところまで来て、元《げん》の腕《うで》を引っぱった。

「さ、行くよ」

「う、うん！」

元《げん》は涙《なみだ》が出るほどうれしかった。

この時の夢羽《むう》はものすごく頼《たの》もしかった。

変身もののヒーローより、ヒーローに似《に》た峰岸刑事《みねぎしけいじ》より、もしかしたら世界中の誰《だれ》よりも。

16

あれ、誰？

どんな知り合い？

さっき受け取ったのは何？

結局、どういうことだったの？


いろんな質問《しつもん》が頭のなかで渦《うず》を巻《ま》いていたが、元《げん》は何も言わなかった。

何も言わず、夢羽《むう》の背中《せなか》だけを見て、自転車を走らせていた。

ようやく生きた心地《ここち》がしたのは、国道を越《こ》え、川沿《かわぞ》いの道を上り始めたくらいだ。

スーハーと深呼吸《しんこきゅう》。

平和そのものの生ぬるい空気が、今はすっごくうれしかった。

このまま夢羽《むう》の家に行ってもいいんだろうか？

元《げん》の家に帰るには、曲がらなくてはならない曲がり角。そこで自転車を停め、しばし考えていると……。

先を走らせていた夢羽《むう》がキィッとブレーキをかけて停まり、元《げん》を見た。

「来ないの？」

この一言にはびっくりした。

元《げん》は、自分を指さして聞いた。

「い、いいの？　行っても」

すると、夢羽《むう》はニヤッと口の端《はし》を上げた。

「だって知りたいんだろ？　いろいろと。じゃないと、とても寝《ね》られませんって顔してる」

元《げん》は顔がニヤつくのをどうしても止められなかった。


……そして、夢羽《むう》の家。

古ぼけた家具が置かれ、壁《かべ》には気味の悪い肖像画《しょうぞうが》や黒ずんだ風景画がかかっている居間《いま》。

夢羽《むう》は元《げん》をそこで待たせ、何かを取りに階段《かいだん》を上っていった。

元《げん》が座《すわ》ったソファーの横に、ラムセスが長々と寝《ね》そべっている。やっぱりどう見ても、スフィンクスみたいだ。

おそるおそる手を伸《の》ばして、頭を撫《な》でてやる。

すると、ラムセスのほうから頭を突《つ》き上《あ》げて、撫《な》でてほしいとアピールした。

「はは、なんだ。こうしてると、まるで猫《ねこ》だなぁ」

ちょっとうれしくなって、もっと積極的に撫でてやる。

ラムセスは目を細めて、気持ちよさそうにしていた。

かわいいな。

今度は喉《のど》を撫でてやる。

すると、ラムセスはもっともっと……と、体を起こし、元《げん》の膝《ひざ》の上に乗っかってきた！

「う、うわ、お、重いってば」

元《げん》をソファーに押《お》し倒《たお》し、胸《むね》に頭をこすりつけてくる。

「ひ、ひやぁ！　ラ、ラムセス、やめろってば」

やってることは普《ふ》通《つう》の猫と同じなのだが、何せサイズがバカでかい。その上、すごい力だ。

「ぎゃぁ……！」

ザラッとした舌《した》で顔をなめられ、元《げん》が悲鳴をあげた時だ。

「ずいぶん気に入られたようだな」

夢羽《むう》が階段《かいだん》を下りてきた。

現金《げんきん》なもので、ラムセスはトンと元《げん》のお腹《なか》を蹴《け》って、主人の足下へとジャンプした。

「うげっ！」

何の心構《こころがま》えもしていない時に、細い足で思いっきり蹴られたからたまらない。

ソファーの上で体を丸めて、痛《いた》みをこらえた。

「これだよ」

夢羽《むう》の声に、顔を上げる。

彼女《かのじょ》は手に小さな箱を持っていた。

元《げん》がなんとか体勢《たいせい》を立て直し、ソファーに座《すわ》ると、夢羽《むう》はその前のテーブルに箱を置いた。

木彫《きぼ》りのかわいい箱だ。

金メッキの錠《じょう》がついていて、鍵穴《かぎあな》があいていた。

「返してもらったのは、コレだ」

彼女《かのじょ》はそう言うと、人差し指と親指でつまみあげたものを見せてくれた。

それは、小さな金色の鍵《かぎ》だった。

「パンダの穴《あな》に隠《かく》しておいて、後で暗号を送りつけようと思ってたのに、役所がセメントで穴をふさいだもんだから出せなくなったんだよね？　で、パンダを壊《こわ》して取りもどしたはいいが、それに気づかせないよう、ブランコをいっぱい設置《せっち》することで、みんなの関心をそらした……ってこと？」

元《げん》が聞くと、夢羽《むう》は大きくうなずいた。

「馬鹿《ばか》なことするよな」

そう言いながら、小さな鍵を箱の鍵穴に入れ、クルッと右方向に回転させた。

「カチッ」

快《こころよ》い音が響《ひび》く。

「ま、こんな鍵なんてなくたって、壊せば開けられるんだけどさ。やっぱり壊《こわ》すのはいやだろ？」

「そりゃそうだよ！　こんなにきれいな箱だもんな」

でも、じゃあ……いったい箱の中身はなんなんだろう？

次の興味《きょうみ》がわいてくる。

元《げん》の気持ちを見透《みす》かしたかのように、夢羽《むう》は微笑《ほほえ》みながらフタを開いてみせた。

なかには、ペンダントがひとつだけ入っていた。

アクセサリーなんか興味がない元《げん》にだって、そのペンダントがかなり高価《こうか》だというのはわかる。

小さな楕円形《だえんけい》の飾《かざ》りがついた銀色の鎖《くさり》。飾りには、パンダの絵が描《か》いてある。

そっか、だからパンダなのか。

すごく細かな細工で、パンダの首には、小さな青い宝石《ほうせき》がついていた。

夢羽《むう》は鎖を持ち、ペンダントを目の高さまで持ち上げた。

窓《まど》から差しこむ夕方の光を受け、キラキラと輝《かがや》く。

……でも、宝物《たからもの》というには、少しがっかりかな？　もっとすごいものを想像《そうぞう》してたから。

徳川幕府《とくがわばくふ》の埋蔵金《まいぞうきん》とか、キャプテンクックが描《か》いた宝島《たからじま》の地図とか。

すると、そんな元《げん》のようすを見た夢羽《むう》が言った。

「これ、わたしにとってはすごく大切な宝物なんだ……」

「……か、かわいいもんな」

なんとか取りつくろう。

でも、夢羽《むう》はそんなことどうでもいいって顔で言った。

「これ、母親が残してくれたものなんだよね」

元《げん》は、次に言う言葉をなくしてしまった。

17

夢羽《むう》はペンダントを自分の首につけると、箱を閉《し》めた。

「やっぱり時々はつけたりしないとな。まさか鍵《かぎ》がなくなってたとは気づかなかったよ」

ニカッと笑《わら》う。

元《げん》は、なんと言っていいかわからず、口をへの字に曲げたままだ。

「まぁ、あの穴《あな》がふさがれたのが二週間前っていうんだから、この鍵《かぎ》が盗《ぬす》まれたのも、それくらいなんだろうけどさ。あったまくるな。森亜亭《もりあてい》のヤツ」

と、夢羽《むう》。

元《げん》はやっと口を開いた。

「で、でも、なんでそんなことしたんだ？　あいつ」

夢羽《むう》は、ソファーに座《すわ》りラムセスを撫《な》でてやりながら答えた。

「わかんないよ。そんなこと」

「でも、知り合いなんだろ？」

「まぁね。といっても、わたしだってくわしく知ってるわけじゃないよ。本名だって知らない。森亜亭《もりあてい》って名乗ってるけど、どうせ偽名《ぎめい》だと思う」

「なんか落語家みたいな名前だけど。でも、モリアテイ……って、もしかして『シャーロック・ホームズ』の？　そういや、茜崎《あかねざき》のこと、ミス・ホームズって言ってたよな」

夢羽《むう》は肩《かた》をすくめた。

モリアーティというのは、シャーロック・ホームズの最大の敵《てき》として登場する人物だ。

「あのおじさん、茜崎《あかねざき》のことをホームズだと思《おも》ってて、で、自分のこと、モリアーティだって思ってるのかなぁ」

元《げん》が首をひねりながら言うと、夢羽《むう》は苦々しく言った。

「そんなの迷惑《めいわく》以外の何ものでもないけど」

その時、元《げん》の頭の上に、電球がピカッとついた。

「ああ!! じゃ、もしかして、この前の落書き事件《じけん》もそう?」

夢羽《むう》はうなずいた。

「たぶんね。あんな無意味なことに労力をつかって喜んでるのは、あいつくらいしか思いつかない」

町中の道路標識《ひょうしき》に落書きがされてあり、それが暗号になっていたという事件だ。

「泥棒《どろぼう》の知り合いがいる小学生なんて聞いたことないだろ?」

「でも、あの連続空き巣事件も、結局盗《と》ったものは全部返したそうだよ。誰《だれ》も怪我《けが》させたりしてないし。今回のことだって、たいしたことなかったわけだしさ」

フォローのつもりで言ったら、夢羽《むう》は首を横に振《ふ》った。

「いや、彼《かれ》は立派《りっぱ》な泥棒《どろぼう》だよ。元《げん》も、もう絶対危《ぜったいあぶ》ないマネはしないほうがいい。優《やさ》しそうな顔してるけど、あれでけっこう怖《こわ》い人だからさ」

そう言われると、さっきの恐怖《きょうふ》がよみがえってくる。

でも、ぐっと下《した》っ腹《ぱら》に力をこめ、震《ふる》えそうになる気持ちを払《はら》いのけた。

「うん……で、でもさ。それは茜崎《あかねざき》にも言えることだよ。これからは、ちゃんと相談してくれ。ひとりで乗りこんだりするな」

元《げん》は夢羽《むう》を見つめ、顔を真《ま》っ赤《か》にして言った。

ポカンとした顔で、夢羽《むう》は元《げん》を見つめた。

そして、鼻で笑うかなと思ったのに、意外と素直《すなお》にうなずいた。

「わかった。そうする」

その時の彼女《かのじょ》のかわいかったこと。

ちょっとはにかんだように頬《ほお》を赤くして、困《こま》ったようにしているのがまたすっごくすっごく……。

元《げん》は、違《ちが》った意味でドキドキしてきて、ガタン！　と、勢《いきお》いよく立ち上がった。

驚《おどろ》いて、彼を見上げる夢羽《むう》とラムセス。

「あ、えーっと。もう時間も遅《おそ》いからさ。オレ、帰る」

「そっか」

元《げん》は、精一杯《せいいっぱい》の笑顔《えがお》を作って言った。

「じゃ、またあした！」

夢羽《むう》は柔《やわ》らかな笑顔で応《こた》えた。

「うん、またあした」


外に出ると、すっかり夕暮《ゆうぐ》れの気配。たぶん六時は過《す》ぎている。

はぁ……母親に叱《しか》られるだろうな。

元《げん》はペダルから足を外し、坂道を一気に駆《か》け下《お》りていきながら、ため息をついた。

青々とした銀杏並木《いちょうなみき》の葉陰《はかげ》から、真《ま》っ赤《か》な夕日が見え隠《かく》れする。

それでも、胸《むね》の奥《おく》からワクワクしたり、ドキドキしたりする感じがわきあがってきて、自然、笑顔《えがお》になってしまう。

ミス・ホームズにワトソンくんか……。

ちぇっ、いいじゃないか。

オレが夢羽《むう》を守ってやる。

ちょっと……いや、だいぶ情《なさ》けないワトソンではあるけど……。

たぶん、夢羽《むう》の母親はいないんだろう。もしかしたら、父親も……？

とりあえずあの屋敷《やしき》に他の家族がいるような気配はない。何かの事情《じじょう》で、ラムセスとふたりっきりだとしたら。いくら夢羽《むう》だって心細いに決まってる。

三年生の頃《ころ》ちょっとだけ習った剣道《けんどう》をまた習い始めようかな。それとも、空手がいいかな。

元《げん》の頭のなかには、夢羽《むう》を森亞亭《もりあてい》の悪の手からさっそうと守る自分の姿《すがた》がすでに浮《う》かんでいた。

でも、今回のことは、誰《だれ》にも言わないほうがいいと思った。夢羽《むう》のほうから言わない限《かぎ》りは。

さっきのようすだと、まだまだ隠《かく》してること、いっぱいあるみたいだし。

そうだ、瑠香《るか》には……？

……と、あのクルリンカールの元気な顔が浮《う》かんでくる。

瑠香《るか》に黙《だま》っているとすると、ばれた時がむちゃくちゃ恐《おそ》ろしいけれど。

まぁ、いい。なるようになるだろう。


と、決意したというのに。

翌朝《よくあさ》、登校したばかりの元《げん》は、瑠香《るか》からいきなり文句《もんく》を言われてしまった。

「ちょっとぉ！」

「ん……？　な、何？」

面食らって、あたふたしている元《げん》を見上げ、瑠香《るか》は腰《こし》に両手を置いて言った。

や、やば。

目が三角になってる。

「夢羽《むう》に聞いたわよ！」

「あっちゃぁ……」

「あっちゃぁ……って、何よ、あっちゃぁってのは⁉」

「は、はい……」

一瞬《いっしゅん》、目をギュッと閉《と》じる。

「元《げん》くんさあ、どうしてわたしを呼《よ》ばないの⁉　ったく。ひとりで抜《ぬ》けがけしようとするから、そういうことになるのよ」

「そ、そういうことって……」

まさか夢羽《むう》は、元《げん》が森亞亭《もりあてい》の部下に押《お》さえられ、ガタガタ震《ふる》えていたことまで話してしまったんだろうか？　だとしたら、最悪だ。大ショックだ！

と思ったが、瑠香《るか》はまったく違《ちが》うことを言った。

「せっかく犯人《はんにん》と会ったのに、取り逃《に》がしたんでしょう？」

「へ？」

「聞けば、警察《けいさつ》から目と鼻の先にいたって言うじゃない？　だったら、峰岸《みねぎし》さんに知らせるとか、いろいろ手はあったと思うのにさ。夢羽《むう》も夢羽《むう》よ。水くさいよ!! 今度からは、絶対《ぜったい》わたしに相談すること。いいわね!?」

バンッと大きな音で机《つくえ》を叩《たた》く。

元《げん》が置いた机の上のカバンが飛び上がるほどの勢《いきお》いで。

半分寝《ね》ぼけた顔の夢羽《むう》は、びっくりして目をしばたたかせた。

そして、にらみつけている瑠香《るか》を見上げて、困《こま》ったように笑った。

「そうだ。やっぱ峰岸《みねぎし》さんには伝えたほうがいいかな」

元《げん》が言うと、瑠香《るか》は、

「当然でしょ!? 今日《きょう》行くわよ、わたしも行くからね!」

と、反対なんて絶対《ぜったい》できない勢い。

「まぁ、まだ彼《かれ》らがいるとは思えないけどね」

夢羽《むう》は、ため息まじりに言うのだった。

18

その何日か後の朝。

登校途中《とちゅう》の島田《しまだ》が、いつものように五部林公園《ごぶりんこうえん》の横を口笛混《ま》じりに通《とお》り過《す》ぎようとした時。

なんだか見慣《みな》れないものを見た気がした。

行きすぎた足を、トットットッとバックさせる。

首を傾《かし》げて、公園を見る。

別にブランコがまた増《ふ》えてるとか、今度はシーソーが増えてるとか、そういうんじゃない。

でも、なんか違《ちが》う。

よーく見回していくうち、ようやく違いがわかった。

人気のない公園。

砂場《すなば》の横にある古ぼけた動物の置物。

それらのなかにたったひとつだけ、ピッカピカの真新しいパンダがちょこんと座《すわ》っていたのだ。

事情《じじょう》を知らない島田《しまだ》は、きっと老朽化《ろうきゅうか》した置物のひとつを役所が新しいのに交換《こうかん》したんだろうと思った。

「ふうん……けっこういけてんじゃん」

島田《しまだ》はニヤッと笑うと、学校に向かってまた歩き始めた。

真っ白と真っ黒に塗《ぬ》り分《わ》けられたまだ汚《よご》れてないパンダは、古ぼけた公園のなかでひときわ目立っていた。

そして、子供《こども》たちが遊んでくれるのを心待ちにしているように、輝《かがや》いていたのだった。

おわり

IQ《アイキュー》探偵《たんてい》ムー

キャラクターファイル

IQ《アイキュー》探偵《たんてい》ムー

キャラクターファイル

#04

名前………水《みず》原《はら》久《く》美《み》
年…………10歳《さい》
学年………小学5年生
学校………銀杏《いちょう》が丘第一《おかだいいち》小学校
家族構成《こうせい》…父／勝昭《かつあき》　母／実香《みか》　妹／笑美《えみ》
外見………背《せ》もちっちゃく、顔もみんなこじんまりとした感じでかわいらしい。
性格《せいかく》………涙《なみだ》もろく、あまり強く自分から発言できなかったりする。気になることがあると、すぐお腹《なか》や頭が痛《いた》くなってしまうのが悩《なや》みの種。

IQ《アイキュー》探偵《たんてい》ムー

キャラクターファイル

#05

名前……… 島田実《しまだみのる》
年………… 10歳《さい》
学年……… 小学5年生
学校……… 銀杏《いちょう》が丘《おか》第一《だいいち》小学校
家族構成《こうせい》… 父／一郎《いちろう》　母／佐恵子《さえこ》　弟／秀《しゅう》
外見……… 小柄《こがら》だが足が速《はや》く、いつもリレーの選手。日に焼けている。
性格《せいかく》……… 河田《かわだ》、山田《やまだ》とともに「バカ田トリオ」と呼《よ》ばれるお調子者。「先生が来た！」と大声でみんなに伝えるのを日課としている。父はサラリーマン、母は算盤塾《そろばんじゅく》の先生。弟は同じ学校の3年生で、実《みのる》とは正反対の性格と外見。成績優秀《せいせきゆうしゅう》で色白。

IQ《アイキュー》探偵《たんてい》ムー

キャラクターファイル

#06

名前………峰《みね》岸《ぎし》愁《しゅう》斗《と》
年…………27歳《さい》
職業《しょくぎょう》………刑事《けいじ》
家族構成《こうせい》…父／洋介《ようすけ》　母／蘭《らん》　兄／剣斗《けんと》　姉／百合《ゆり》
外見………身長185センチ、茶髪《ちゃぱつ》でロンゲ。ヒーローものの主人公のような風貌《ふうぼう》。
性格《せいかく》………外見から想像《そうぞう》するよりずっと落ち着いている。物静かな話し方で、優《やさ》しい。両親とも大学の先生。兄、姉も大学の研究員。

あとがき

※2005年3月当時のものです。

こんにちは！

もしかしたら二度目の「こんにちは」でしょうか？

いやいや、初めての方もいらっしゃるかも。

改めまして、こんにちは！

作者の深沢美潮《ふかざわみしお》です。

『IQ探偵《アイキユーたんてい》ムー』を書き始めて、早、一年。

でも、なんだかず――っと書いていたような気もします。

それくらい夢羽《むう》ちゃんや元《げん》くん、瑠香《るか》ちゃんたちが、銀杏《いちょう》が丘《おか》の町に住んでいるみたいに感じるんです。

そうそう。お手紙をたくさん、ありがとうございます。

何度も読み返しましたよ。

さて、今回の夢羽《むう》ちゃん、いかがだったでしょうか？

最初の「帰ってくる人形」。

これは、小学五年生の娘《むすめ》と話しているうちに浮《う》かんだ話です。

実をいうと、わたしも娘も大の怖《こわ》がり。

そのくせ、怖い話とか、興味《きょうみ》がないわけじゃないんです。

そういうのってありませんか？　やめておけばいいのに、ついつい怖い話を聞いてしまうとか。

それに、人形ってなんだか怖いですよね？

だいたい人の形をしているものって、魂《たましい》が宿《やど》りやすいって言うじゃありませんか。

だからなのか、人形を題材にした怖い話はいっぱいあります。

子供《こども》の頃《ころ》、フレドリック・ブラウンという人が書いた『未来世界から来た男』って本を読んだんですが……そのなかに「人形」という短いお話がありました。悪魔的《あくまてき》な人形たちが登場する、こわいこわーい話です。

それから、山岸涼子《やまぎしりょうこ》という人の漫画《まんが》で『わたしの人形は良い人形』というのもありました。うわぁ、題名からしてダメ。

あ、そうそ。

人形のホラー映画《えいが》といえば、チャッキーが有名ですよね。

あれも、怖《こわ》かった。背中《せなか》に電池が入っていて、「ぼくの名前はチャッキー！」って話したりするんですが、あまりに怪事件《かいじけん》が起こるので、怖《こわ》くなったお母《かあ》さんが、その電池を外してしまおうと、背中のフタを開けるんです。

でも、でも……!!

なんと、電池、入ってないんですよぉおお。

ひ、ひぇー。

というわけで。

怖い人形の話ばかりで、終わってしまいそうですね。

ははははは。

そうだ。これだけは書いておかなくっちゃ。

前巻《ぜんかん》のあとがきで出題したＩＱ《アイキユー》問題の答え。

問題はこんなのでした。

ふたつに分かれた道に出ました。どちらかに人食いライオンがいます。そこに、ふたりの男が現《あらわ》れました。彼《かれ》らは、どっちにライオンがいるか知っています。でも、ひとりはウソつきで、もうひとりは正直者です。ふたりに「はい・いいえ」で答えられる質問《しつもん》なら、一度だけできます。さて、どんな質問をすれば安全な道がわかるでしょう？

答えは……。

「彼は、そっちの道に人食いライオンがいるかと尋《たず》ねたら、『はい』と答えるでしょうか？」

と、どっちかの道を指さしながら聞《き》くのです。

『彼』とは、今、質問している相手ではなく、残るもうひとりのことです。

よーく考えてみてください。

たとえば、指さした道にライオンがいるとします。

で、質問した相手が正直者だった場合……。

彼《かれ》は、もうひとりがウソをつくのを知ってますから、ライオンがいるのに「いいえ」と答え、「はい」とは言わないというのを知ってます。だから、正直に「いいえ」と答えるでしょう。

また、質問《しつもん》した相手がウソつきだった場合……。

彼は、もうひとりが正直に「はい」と言うのを知ってますから、わざと「いいえ」とウソをつきます。

つまり、人食いライオンがいる道を指さした場合は、どちらも「いいえ」と答《こた》えるわけです。

さてさて。

あなたが指さした道にライオンがいなかった場合はどうでしょう？

質問した相手が正直者だった場合、もうひとりがウソをついて「はい」と答えるだろうと知ってますから、「はい」と答えます。

でも、質問した相手がウソつきだったら、もうひとりが正直に「いいえ」と答えるのを知ってます。だからわざと、「はい」とウソをつきます。

ということは……！

人食いライオンがいる道を指さした場合、どっちに聞いても「いいえ」と答えるし、安全な道を指さした場合は、どっちに聞いても「はい」と答えるわけです。

ややこしい??

そうですね。たしかにややこしいけど。

おもしろいから、図に書いたり、友達《ともだち》や家族と「正直者」や「ウソつき」になって実《じっ》際《さい》にやってみたりして、考えてみてください。きっとわかりますよ！

じゃ、また近いうちにお会いしましょう。

次は、元《げん》のよく知ってるお兄《にい》さんがひったくり犯《はん》だと疑《うたが》われてしまいます。アリバイを探《さが》して、彼《かれ》を助けなくては……!!　って、そんなお話です。

もちろん、夢《む》羽《う》のことですから。ただそれだけじゃ終わりませんよ。楽しみに待っててくださいね。

深沢《ふかざわ》美《み》潮《しお》

IQ探偵シリーズ②
IQ探偵ムー 帰ってくる人形

2008年3月　初版発行
2019年3月　第9刷

著者　深沢《ふかざわ》美潮《みしお》

発行人　長谷川 均

発行所　株式会社ポプラ社
〒102-8519 東京都千代田区麹町4-2-6　8・9F
［編集］TEL:03-5877-8108　［営業］TEL:03-5877-8109
URL www.poplar.co.jp

イラスト　山田J太
装丁　荻窪裕司（bee's knees）
DTP　株式会社東海創芸
編集協力　鈴木裕子（アイナレイ）

印刷・製本　大日本印刷株式会社

ISBN978-4-591-09688-8 N.D.C.913 186p 18cm
Printed in Japan

本書は、2005年3月にジャイブより刊行されたカラフル文庫を改稿したものです。

P4037002

ポプラ ポケット文庫

世界の名作

トム・ソーヤーの冒険	マーク・トウェン／作	岡上鈴江／訳
ふしぎの国のアリス	キャロル／作	蕗沢忠枝／訳
オズの魔法使い	バウム／作	守屋陽一／訳
オズの魔法使いと虹の国	バウム／作	守屋陽一／訳
長くつしたのピッピ	リンドグレーン／作	木村由利子／訳
秘密の花園	バーネット／作	谷村まち子／訳
ピーター・パン	バリ／作	班目三保／訳
くるみわり人形	ホフマン／作	大河原晶子／訳
ドリトル先生	ロフティング／作	小林みき／訳
フランダースの犬	ウィーダ／作	高橋由美子／訳
グリム童話		西本鶏介／文・編
小公女	バーネット／作	秋川久美子／訳
アラビアンナイト	濱野京子／文	ひらいたかこ／絵
あしながおじさん	ウエブスター／作	山主敏子／訳
赤毛のアン	モンゴメリ／作	白柳美彦／訳
にんじん	ルナール／作	南本 史／訳
十五少年漂流記	ベルヌ／作	大久保昭男／訳
海底二万マイル	ベルヌ／作	南本 史／訳
がんくつ王	デュマ／作	幸田礼雅／訳
レ・ミゼラブル ああ無情	ユゴー／作	大久保昭男／訳
おちゃめなふたごシリーズ	ブライトン／作	佐伯紀美子／訳

①おちゃめなふたご　②おちゃめなふたごの秘密
③おちゃめなふたごの探偵ノート　④おちゃめなふたごの新学期
⑤おちゃめなふたごのすてきな休暇　⑥おちゃめなふたごのさいごの秘密

小学校 初・中級～ 小学校 中級～ 小学校 上級～ 中学生向け

ピンクのバレエシューズ	ヒル／作	長谷川たかこ／訳
バレリーナの小さな恋	ヒル／作	長谷川たかこ／訳
オペラ座のバレリーナ	ヒル／作	長谷川たかこ／訳
クリスマス・キャロル	ディケンズ／作	清水奈緒子／訳
若草物語	オルコット／作	小林みき／訳
星の王子さま	サン=テグジュペリ／作	谷川かおる／訳
聖書物語	バン・ルーン／作	百々佑利子／訳
ロビン・フッドの冒険	パイル／作	小林みき／訳
ロビンソン漂流記	デフォー／作	澄木 柚／訳
最後の授業	ドーデ／作	南本 史／訳
西遊記 (一) おれは不死身の孫悟空 (二) 妖怪変化なにするものぞ (三) 天地が舞台の孫悟空	吉本直志郎／文	原ゆたか／絵
ジキル博士とハイド氏	スティーブンソン／作	百々佑利子／訳
透明人間	ウェルズ／作	段木ちひろ／訳
賢者の贈りもの	オー・ヘンリー／作	西本かおる／訳
シリーズ・赤毛のアン ①赤毛のアン ②アンの青春 ③アンの愛情 ④アンの夢の家 ⑤虹の谷のアン ⑥アンの娘リラ ⑦アンの友達	モンゴメリ／作	村岡花子／訳
幸せな王子	オスカー・ワイルド／作	天川佳代子／訳
不思議の国のアリス 新訳	キャロル／作	佐野　真奈美／訳
鏡の国のアリス 新訳	キャロル／作	佐野　真奈美／訳
三国志 (一) 群雄のあらそい (二) 天下三分の計 (三) 燃える長江 (四) 三国ならび立つ (五) 五丈原の秋風	三田村信行／文	若菜 等+Ki／絵

ポプラ ポケット文庫

日本の名作

日本昔ばなし やまんばのにしき	松谷みよ子／文	梶山俊夫／絵
日本昔ばなし かさこじぞう	岩崎京子／文	井上洋介／絵
ごんぎつね	新美南吉／作	
おじいさんのランプ	新美南吉／作	
泣いた赤おに	浜田廣介／著	
日本のわらい話	西本鶏介／文	おかべりか／絵
日本のおばけ話	西本鶏介／文	おかべりか／絵
もっと日本のわらい話	西本鶏介／文	おかべりか／絵
日本の怪談ばなし	西本鶏介／文	おかべりか／絵
注文の多い料理店	宮沢賢治／著	
銀河鉄道の夜	宮沢賢治／著	
風の又三郎	宮沢賢治／著	
セロひきのゴーシュ	宮沢賢治／著	
雨ニモマケズ	宮沢賢治／著	
蜘蛛の糸	芥川龍之介／著	
怪談	小泉八雲／著	山本和夫／訳
二十四の瞳	壺井　栄／著	
里見八犬伝　上	滝沢馬琴／原作	しかたしん／文
里見八犬伝　下	滝沢馬琴／原作	しかたしん／文
銀の匙	中　勘助／著	
走れメロス	太宰　治／著	
坊っちゃん	夏目漱石／著	
吾輩は猫である　上	夏目漱石／著	
吾輩は猫である　下	夏目漱石／著	
火垂るの墓	野坂昭如／著	

アンソロジー

ふしぎ？ おどろき！ かがくのお話1年生～6年生　ガリレオ工房・滝川洋二／監修

教科書にでてくるお話　1年生～6年生　西本鶏介／監修

国語教科書にでてくる物語　1年生・2年生　齋藤　孝／著

国語教科書にでてくる物語　3年生・4年生　齋藤　孝／著

国語教科書にでてくる物語　5年生・6年生　齋藤　孝／著

伝　記

心を育てる偉人のお話　西本鶏介／編・著
①野口英世、ナイチンゲール、ファーブル 他　②豊臣秀吉、ヘレン・ケラー、宮沢賢治 他
③坂本竜馬、徳川家康、キリスト 他

武田信玄　西本鶏介／著

平　清盛　三田村信行／著

真田幸村　藤咲あゆな／著

戦国武将列伝〈疾〉の巻〈風〉の巻〈怒〉の巻〈濤〉の巻　藤咲あゆな／著

子どもの伝記
①野口英世　浜野卓也／文
②マザー・テレサ　やなぎや・けいこ／文
③豊臣秀吉　吉本直志郎／文
④ライト兄弟　早野美智代／文
⑤ベートーベン　加藤純子／文
⑥宮沢賢治　西本鶏介／文
⑦ヘレン・ケラー　砂田 弘／文
⑧一休　木暮正夫／文
⑨キュリー夫人　伊東 信／文
⑩エジソン　桜井信夫／文
⑪ナイチンゲール　早野美智代／文
⑫キリスト　谷 真介／文
⑬坂本竜馬　横山充男／文
⑭アンネ・フランク　加藤純子／文
⑮福沢諭吉　浜野卓也／文
⑯手塚治虫　国松俊英／文
⑰徳川家康　西本鶏介／文
⑱二宮金次郎　木暮正夫／文
⑲ファーブル　砂田 弘／文
⑳織田信長　吉本直志郎／文